TODAS LAS AMANTES QUE ME SALVARON LA VIDA (2)

Jesús Bordas Luque

"Todas las amantes que me salvaron la vida" mezcla ficción y realidad. Cualquier parecido con personas vivas o muertas, hechos o instituciones pueden ser solo una coincidencia. Casi todos los personajes, situaciones o diálogos que aparecen en esta novela —incluso las referencias a personas, productos y lugares necesarios para situar de una manera creíble la historia— no pretenden dañar los intereses de ninguna entidad ni de ninguna persona física o jurídica.

ISBN: 9798842625505

Independently published

Índice

GRACIAS

o también

Otra manera de decir "TE QUIERO"

Gracias, Gemma, por tantos y tantos motivos que ocuparían más que un libro.

Gracias, Carlota, por estar ahí aunque tampoco puedas leer, por resultarte insoportable, este libro; y aún así comprometerte hasta más allá de donde puedes. Gracias por ser la musa, también, de ya dos portadas geniales.

Gracias, Vicky, por tu ejemplo de corazón y lucha.

Gracias, MJ Formentera, por tu complicidad y tus alientos. Gracias por tus inestimables correcciones y sugerencias.

Gracias, Encarna O, por tu entusiasmo para con mis letras. Gracias por tantas y tantas correciones.

Gracias a quienes habéis confiado en mí y me habéis alentado. Gracias por comprar mi libro sólo porque queréis participar de que un sueño se materialice

Gracias muy especialmente sentidas a quienes habéis mostrado vuestra desconfianza en mí y a quienes vendréis a mi puerta a vomitar vuestro odio. Sin vosotros tampoco sería quien soy.

Gracias, amantes que correspondéis a Pilar, Magalí, Irene, Judit, Tanya, Uhla, Mel y Chris. Gracias por la piel y el alma; por las risas y las lágrimas; los reproches y los orgasmos. Gracias por salvarme la vida.

PREÁMBULO DEL LIBRO 2

Hola, ¿Cómo te va? Realmente espero que bien; que estés en el camino de conseguir tus sueños. Hoy es 28 de julio de 2022 y yo espero publicar esta segunda entrega de "Todas las amantes..." en unos días. Hace tres meses que publiqué el primer libro de la serie y seguro que te es fácil imaginar que he estado a tope con este producto pseudoliterario.

Lo de "pseudoliterario" ni me lo creo ni me lo dejo de creer pero en, cualquier caso, no es falsa modestia. De hecho es una aspiración legítima. Mi idea con estos libritos es pasármelo bien; homenajearte a ti, mujer que has pasado por mi vida y me has hecho mejor o peor (en cualquier caso como soy) y, por tanto, has salvado mi vida como quien salva un documento de texto por si el *software*, el sistema operativo o el *hardware* peta; divertirte a ti, seas quien seas, con una escritura que no le debe pleitesía a ningún censor; y, por supuesto, recibir algún que otro lametón en el ego, claro.

Abundando en eso de "pseudoliterario", mi sueño húmedo es formar parte de la cultura popular e incluso el vulgo. La idea la definió muy bien en su día la Victoria Beckham cuando declaró que quería ser tan famosa como el Persil Automatic (*"I want to be as famous as Persil Automatic"*) aunque a mí lo que me la pondría muy dura es que mis folletines se vendieran muy baratos y la gente los intercambiaran en el Mercat de Sant Antoni, como se ha hecho siempre con la obra de Marcial Lafuente Estefanía.

Sigue sorprendiéndome que mucha gente dé por

supuesto que lo que escribo se corresponde totalmente con la verdad. No es así. Ni siquiera con una idea tan sesgada de la verdad como pueda ser "mi verdad".

No me sorprende tanto que las críticas que recibo sean muy buenas. Sé que me compras los libros porque me quieres (el aprecio es una graduación del amor, no arrugues el morro) y sé que si te gusta me lo dices y si no te gusta te lo callas porque no me tienes en cuenta ni los fallos.

Me siento muy afortunado.

Este segundo libro, al igual que el primero, incluye capítulos que me ha apetecido escribir en cada momento. No hay ninguna idea aglutinadora ni ninguna razón "extra" para publicar estos y no otros. "Otros" que, por cierto, estoy deseando escribir y alumbrar.

Espero que disfrutes con la lectura y, en todo caso, GRACIAS.

6. PILAR

Estoy en Castellar o Sant Quirze. En la comarca del Vallès Occidental. En la provincia de Barcelona. Estoy en uno de esos dos pueblos. Eso seguro. Llego a las siete de la tarde. El conserje, una especie de hermano mayor de Super Mario, avisa al concejal de Cultura. Cuando llega le doy las mil excusas y mi compromiso de dejar la exposición montada antes de la inauguración.

—Esto tiene que estar hoy. Mañana tenemos una visita importante y lo necesitamos todo listo antes de las diez.

—Déjeme las llaves de la sala y me quedaré trabajando hasta que acabe —le digo.

El tipo es una especie de maniquí italiano: tieso, repeinado, zapatos de piel Bexley, traje *sport* en azul oscuro de la casa De Fursac y camisa blanca. El tipo se cuida. Debe tener unos cuarenta y cinco años y tiene una piel que parece de vinilo. Me dice que vaya descargando las obras mientras hace algunas gestiones. Y se va. Y es lo que hago: descargo los quince cuadros y las ocho esculturas; las herramientas y los folletos. Saco la furgoneta de delante de la puerta y la aparco en una zona de carga y descarga a escasos veinte metros. Cuando vuelvo a la sala la especie de maniquí italiano está con una chica monísima que aprieta un bolígrafo con el puño. Por su cara dirías que quiere clavárselo al concejal entre ceja y ceja. Delicada y asesina —pienso.

—Jesús, te presento a Pilar. Se quedará contigo para ayudarte a montar. Ella cerrará la sala cuando acabéis.

—Genial. Encantado, Pilar —digo.

—Igualmente, Jesús.

Pero no. No está encantada. La tipa tiene cara de jodida. Como de haberse enterado de un embarazo no deseado.

El maniquí plástico se va y a los dos minutos también el conserje.

Es una tía muy guapa incluso con esa cara de mala leche. Delgada. Una talla 38. Rubia teñida y maquillada hasta las cejas con unas uñas perfectas, pintadas solo con barniz brillante. Tetas potentes a pesar de todo. Pilla a la Meg Ryan de este año. Del 2000. Encógela un 10% pero déjale la 90 de pecho. Zapatos de medio tacón cuadrado, jeans y blusa blanca.

—¿Te importa que descanse un poco? Llevo currando desde las ocho de la mañana.

Sin zapatos, sentada sobre una peana, mueve los pies desnudos como hacen los niños pequeños en el borde de una piscina. Era una pregunta retórica, pero contesto.

—Por supuesto. Tómate el tiempo que necesites.

Yo continúo repartiendo cuadros por toda la sala, apoyados en el suelo. Quiero ver si la exposición en conjunto tiene armonía antes de colgarlos.

Pilar habla por su teléfono móvil. Un Nokia 3310 de

color azul marino. Yo soy muy poco de quedarme con conversaciones ajenas, pero Pilar habla como si fuera la única persona en el edificio. Tenía plan hoy. Una cena de esas de despedida de soltera de una amiga. Que ya iba a llegar tarde acabando a su hora pero que ya no llegaría ni a los postres. A la juerga quizás sí. Se disculpa entre un "no sé cuánto aguantaré esto" y un "total para lo que me pagan". Esas cosas.

—Te he escuchado. Por mí no lo hagas. Ya monto yo la expo. Para eso me pagan. Puedes irte tranquila con tus amigas. El maniquí no tiene por qué enterarse de nada.

—¿El maniquí?

—El concejal. Parece un puto maniquí, no me jodas — digo.

Casi se cae de la peana de la risa.

—No, me quedo a ayudarte. Me caes bien ¿Qué hago?

Mujer, desnúdate lentamente. Lo pienso, no lo digo.

—Si quieres puedes poner el cartelito con el autor y la obra al lado de cada cuadro que cuelgue. Lo más importante es que todos estén rectos y a la misma altura.

—¿Tienes un nivel y cinta métrica?

Señalo la caja metálica. Se agacha a coger las herramientas y me deja ver el tirachinas del tanga por encima de los pantalones.

—¿Te importa que lo haga descalza? Los zapatos me están matando.

Tiene la piel de los talones fina, hidratada, satinada, sin durezas. Los tobillos son muy finos. Huesudos. Muy bonitos. Tres veces nos hemos cruzado y me ha rozado el brazo con las tetas. Se me ha puesto morcillona.

—¡Jesús, céntrate! —Dice una voz interior.

El sistema para exponer de la sala hace el trabajo muy cómodo. Y solo tengo que mover tres focos para que todo esté perfecto.

—Son las diez. En cinco minutos habremos acabado. Por si quieres avisar a tus amigas y te incorporas a la cena o a la fiesta.

—Hemos ido rápido, sí. Tú te vuelves a casa, supongo.

—Iré a picar algo y a tomar unas cerveza. Si te apetece te invito.

—Conozco un bar donde nos tratarán bien.

Pues sí. Nos tratan bien en esta tasca. Tomamos una cerveza, tapas y bastante vino.

—Cuando te he visto he pensado que eras gay —dice.

—¿Tengo aspecto de gay?

—No sé. Me lo has parecido. Pero solo al principio. Después me he dado cuenta de como me mirabas las tetas. ¿Tú qué has pensado de mí?

—Yo he pensado en cuánto me gustaría follarte.

—¡Hala!

—Te van los hombres, supongo.

—Más que comer con los dedos.

Se mete una patata brava en la boca y se chupa las yemas del índice y después el pulgar. Pero así, deeespaaaciiiooo-deeespaaaciiiooo.

—¿Qué quieres hacer? ¿Te vas con tus amigas, a casa, o qué haces?

—¿Qué quieres hacer tú?

—Lo que más me apetece en estos momentos es darme una ducha y follarte, aunque no tiene por qué ser en ese orden.

—Mira, —me dice, medio susurrando— tengo las llaves del piso de una amiga que se ha ido una temporada a Mallorca. No sé si follaremos, pero podremos ducharnos y tomar cerveza.

Le digo que vale, que de acuerdo, que no pasa nada si no follamos. Y que ducharme, tomar cerveza y charlar ya me parece un plan genial. Tardamos dos minutos caminando en llegar a casa de su amiga y tres minutos más en revolcarnos en un colchón tirado en el suelo de una habitación individual. Olemos a cerdo. Deberíamos habernos duchado antes.

—Espera, que quiero poner velas.

Pilar enciende cuatro velas. Sabe donde estaban guardadas. También las cerillas. Sospecho que en realidad este piso es su piso. O utiliza mucho el piso de su amiga como picadero. Está a dos minutos caminando del bar al que ha querido que vengamos. Tiene unas tetas muy grandes esta mujer. Ya, paso de un tema a otro. La consistencia es rara. No están caídas para nada, pero son como cuando los globos pierden algo de aire. Todo bien. Metes la nariz ahí en medio y disfrutas más que un cerdo en un barreño de huevos fritos.

Me deslizo a los pies de la cama para comerle el coño. Percibo unos relieves. Unas líneas paralelas de cuatro o cinco centímetros de longitud. Es un patrón que se repite en al menos cinco partes más de los muslos. Son cicatrices. Cortes. "Autólisis no suicida", lo llaman. Hundo la cabeza entre sus piernas y le lamo el coño. Está mentolado. No es una metáfora. En unos segundos mi lengua encuentra el caramelo. En algún momento, esta tía se ha metido un caramelo de menta en el coño. Lo escupo a una esquina de la habitación, me pongo el condón y se la meto. Un misionero de libro. Meg Ryan empieza a gemir cada vez más fuerte. En tres minutos se está corriendo. Encadena cuatro orgasmos. No deja que la ponga a cuatro patas.

—Deja que me corra y haz conmigo lo que quieras.

Se apacigua poco a poco y finalmente queda inmóvil. Le doy la vuelta como se la darías a un saco de patatas, busco mi ritmo y enseguida, en lo más profundo de mi próstata, empieza la cuenta atrás. En una de las embestidas he hecho caer una vela. La sábana empieza

a quemarse. No va a venir de diez segundos. Me corro.
Y apago el fuego. Pilar sale de su semiinconsciencia.

—¿Qué pasa? —pregunta, asustada.

—Se ha prendido fuego la sábana pero ya está. Tendrás
que comprarle una a tu amiga.

Dice "ah, ¡OK! y se tumba de nuevo. Cae como un peso
muerto sobre el colchón.

—¿Te has corrido?

—No —miento.

—Dame unos minutos y te la chupo.

Me ducho, me visto y me la chupa como si nos
conociéramos desde la infancia.

Tengo treinta años y es la primera vez que me ocurre
algo así como un "aquí te pillo, aquí te mato". Mi vida
erótico-festiva deja mucho que desear.

***

Un mes y pico después toca desmontar la expo. Cuando
estoy a punto de marcharme aparece Pilar. No la había
vuelto a ver. Solo viene para saludar. Es genial.

***

23. MAGALÍ

Hemos quedado a las nueve de la noche para picar algo en su casa. Yo llevo el vino. Dos botellas de Ribera del Duero. Llego media hora antes porque tengo que hacer algo. Me acerco a un comercio chino de esos que tienen plantas en la puerta.

—Quiero esa... *Areca Lutescens* —leo de la etiqueta.

—Quiero esa —repite Xing Wang o Zhao Lin.

—Y una bolsa de tierra. Pequeña.

El tipo me da una bolsa de 4 litros de substrato.

—¿No tienes más pequeña?

—No tienes pequeña (SIC) —contesta.

—Sí, seguro que tú la tienes más pequeña. Cóbrate, anda, *pengyou*[1].

—Tú sabe chino (SIC) —dice.

Saco del baúl de la Gilda[2] la bolsa de plástico con las botellas de Protos y una lata de tomate de dos litros. La lata está vacía, sí. También le he quitado la etiqueta y le he hecho un agujero en el fondo. Me siento en la acera y trasplanto la *Areca*. He tenido que utilizar muy poco substrato. Ha quedado una planta chula. Original. Espero que le guste. Abre la puerta. Magalí sonríe y se apresura a darme dos besos. Supongo que para que no le coma la boca. Me ha visto las intenciones, la tía lista.

—¿Qué has traído?

—Es una planta. Ah, también traje vino.

—Muchas gracias, caballero.

Abrimos el vino y nos sentamos en el sofá cara a cara.

—¿Así que tenemos hasta las diez y media? —dice, deschochada[3] de la risa.

Lo de tener una primera cita de hora y media siempre lo tengo que explicar. Bueno, no "tengo que". No tengo que nada. Pero va bien. Al menos, mientras no encontramos un tema mejor hablamos de algo.

—Se suele poner una hora de empezar pero no una de acabar. Hora y media me parece suficiente para saber si te gusta o no la persona.

—¿Y si te das cuenta antes de que no te gusto?

—Pues, se aguanta un poco más que seguro que algo aprenderé de ti.

—¿Y si después de la hora y media queremos seguir?

—El pacto es que a la hora y media, esté como esté la conversación, nos levantamos y nos despedimos.

Magalí suelta una risotada escandalosa. Se le achinan los ojos muchísimo.

—Eres muy gracioso —dice, pero ha sonado a "eres

muy tonto".

Hablamos de todo lo que se nos ocurre. Especialmente de cómo de chungo está el mercado del amor. Nos explicamos experiencias. Nos centramos en las más desternillantes. Magalí es una morena bellísima con acento que recuerda a Buenos Aires.

—Con tu permiso voy al lavabo —digo.

—Claro. Saco un poco de queso. ¿Te parece?

Tengo una vejiga enorme y un aguante muy bestia, así que cuando apuro puedo estar un buen rato sacando orina. La primera vez que Sara (cap. 7) me vio mear me soltó un "¡Jesús, por Dios! ¿Sigues meando? ¡Pareces un verraco!". Pues eso, yo soltando lastre y mirando el lavabo. Muy limpio y ordenado. Y huele a ambientador de lavanda. Me la sacudo. Me la quiero lavar en la ducha. Retiro la cortina y me encuentro colgadas unas braguitas y un sujetador. Esas prendas delicadas están allí para que las encuentre. Ya lo creo. ¡Menudo soy yo montando teorías de la conspiración! Por supuesto que dedico unos minutos a inspeccionarlas y a deducir sin género de dudas qué me voy a encontrar: una mujer delicada con pechos de los que caben bien en una mano de talla 9 y un culazo con el que te casarías. Me he puesto palote con esta mierda, así que me lavo la polla con agua fría.

Magalí está sentada.

—¡Qué guapa eres!

Le digo eso, pero pensando "me muero por que me grites al oído que te la enchufe hasta el fondo". Y cuando haces eso ella capta el brillo de tus ojos y se pone cómoda. Se quita los botines y sube los pies al sofá. La calefacción hace su función y el piso está caliente aunque sea enero[4]. Le cojo un pie, le quito el calcetín y le empiezo a dar un masaje.

—¡Qué bueno! —Dice, tomando un sorbo de tinto.

—Ahora ya, pase lo que pase, no puedes decir que no te he follado.

Casi se ahoga con el vino. Pero no, ha tosido y me ha salpicado entero de Ribera del Duero. Si le doy un masaje en los pies y la hago reír, muy mal se me tiene que dar para volver a casa virgen —pienso.

—Espero que no nos pille tu marido y me mate —digo.

—Que un marido pueda proteger a su esposa es una cosa. Que un marido mate a otro hombre por tocarle los pies a su esposa, otra distinta[5].

Se muestra satisfecha con su ocurrencia. Y yo también. Si follamos mal siempre podremos repasar todos los diálogos de Pulp Fiction.

—No tengo nada parecido a un marido —aclara.

Abre los brazos ante los platos. Uno con queso y el otro con jamón.

—Dale. Come de lo que quieras —dice.

Así que me echo sobre ella y la beso tiernamente. Sus labios son muy buenos anfitriones. La chica besa como si se hubiera doctorado *cum laude* en eso. Le toco las tetas por encima de la ropa. Estoy convencido que sus *jeans* no le impiden notar mi polla.

—Mejor vamos a la cama —dice. Me coge las manos. Me impide que le levante la camiseta.

Me pide que cierre la puerta, baja la persiana de la ventana y apaga la luz. El dormitorio queda absolutamente a oscuras. Esto va a ser como follar en el "Espacio del dolor", la instalación de Joseph Beuys en CaixaForum.

Es sobrecogedor. Yo, que soy un puto misántropo, apenas puedo soportar allí un instante de soledad. Que tampoco es tan fácil. Cada pocos minutos llega un nuevo visitante y yo abandono la sala. Creo que por dos motivos:

1. La experiencia íntima propia me produce vergüenza ante un desconocido.

2. La experiencia íntima ajena me turba.

Desnudo a mi morochita y lanzo la ropa bien lejos. Tiene un cuerpo relleno muy agradable en el que aislarse de todo un invierno. Y su coño sabe muy bien.

En la *Schmerzraum*[6] puedes escuchar los latidos de tu propio corazón y darte cuenta que estás enfermo de vida, mortal de necesidad.

Magalí se deja hacer bastante bien. Le beso y lamo todo el cuerpo y le muerdo en los hombros, la espalda y el culo. Dos o tres o cuatro veces en cada sitio. Hinco los puños en el colchón y la punta de mi pene en el fondo de su vagina.

Quizás suene todo demasiado afectado. Es por compensar el déficit de romanticismo del mundo, supongo[7]. Mi morenita inicia una escalada de gemidos y yo me concentro en no variar el ángulo que la ha traído a este estado de ánimo y de paso a ver si me corro yo también. Pues sí, oiga, sincronizado. Magalí se ríe como la amiga cachonda y borracha de una despedida de soltera. Me levanto de la cama un poco mareado. Vuelvo al lavabo. Necesito beber y lavarme la cara. Estoy muy acalorado.

—Tráeme algo de beber, por favor —grita.

Me lleno la boca de agua, me pongo encima de ella, uno mis labios a los suyos y dejo salir el líquido poco a poco.

—Gracias.

—De nada.

—¿Nos hemos pasado de la hora y media?

—Eres una cachonda.

Nos enrollamos un rato más. Le doy unas cuantas vueltas sobre al menos dos de sus ejes. Me prohibe que le haga fotos o vídeos. Me dice que por el culo no. Me dice que la avise cuando me vaya a correr. Para sacársela de la boca, supongo. Efectivamente. Me besa en la ingle y disparo por encima de su hombro. Me pongo malo.

—Me voy. Ha sido un placer. Gracias por todo, preciosa. ¿De que te ríes?

En realidad sonríe.

—Gracias a ti —dice.

Tiene la cara iluminada. Como si Boca hubiera ganado el partido.

***

Lo que dije ayer, aquello de "me pongo malo", no era una metáfora. Estoy a 39,4. Una fiebre del copón.

—Por eso ayer estabas ardiendo. Pensé que no era normal que estuvieras tan caliente. Realmente quemabas —dice Magalí al teléfono.

—Me hiciste enfermar.

Se ríe. Y de hecho cuando no se ríe notas que sonríe. Es Miss Simpatía mi porteña.

—Fuiste muy atrevido al lanzarte sobre mí en una primera cita.

—Yo no lo creo. Interpreté bien tus señales.

—¿Qué señales?

—Cuando me dijiste que comiera lo que quisiera.

—Sí, me di cuenta de que la frase la interpretaste a tu bola.

—Y, bueno, tu ropa interior en el baño. Me puso muy caliente.

Ahora sí que no puede parar de reír.

—¡Eso era de mi hermana, boludo!

—Joder, pues ahora me la tengo que follar.

—Ni lo sueñes.

—Mejor. Mejor ni lo sueñe, porque con esta fiebre no sé yo qué soñaría.

***

Me cuesta casi dos meses que Magalí me envíe algunas fotos en las que enseñe las tetas. Son fotos de baja calidad, sin mucha gracia, pero sin duda "un gran paso para la humanidad". Son la típica foto de chica delante del espejo con el móvil en la mano a la altura del hombro. Foto de frente y fotos de espaldas; con braguitas brasileñas rojas o con slips negros con lunares blancos; con gafas violetas o a sonrisa desnuda. Algún primer plano cogiéndose un pecho sin que se le vea la cara, fotos con sus compañeros de trabajo y fotos haciendo muecas. Alguna intentando mostrarse fea, desagradable o poco interesante y algunas otras enseñando la ropa que lleva en la oficina. He sido pesado pidiéndole fotos, sí.

Hoy la he invitado a cenar y al teatro. Con Gemma. Lo hemos pasado bien. Magalí se ha estado "cagando de la risa" con la cara de los currantes del Wok to Walk de Sant Pau 27.

—Primero me besas a mí y después a tu mujer. Me he cagado de la risa.

Y sí, el teatro ha estado bien, pero ha sido lo de menos.

***

El juicio ha acabado como cabía esperar. El encausado ha quedado visto para sentencia, y ya te digo yo que será condenatoria. Aquí hacemos muy bien este tipo de trabajos. Estoy a tiro de piedra, a dos minutos en moto y a tres minutos en una señora moto que es mi Gilda, del trabajo de Magalí. Dice que puede salir a comer a la una y yo tengo que irme para comisaría a las dos. La invito a comer y hablamos de todo un poco.

Estamos en la cola de un sitio de comidas preparadas y envasadas de esos especialmente diseñados para que nadie tenga que esperar a que se cocine. El local está abarrotado de jóvenes trabajadores. Muchos de ellos parecen empleados de empresas tecnológicas. Todo el mundo grita mucho y yo grito más para que me oiga Magalí.

—Tú y yo deberíamos volver a follar.

He gritado eso una décima de segundo después de que, por uno de esos azares de la vida, casi todo el mundo se callara. La gente se ríe un poco pero rápido sale el graciosillo de turno que grita "y si no quiere contigo que folle conmigo" y entonces sí que hay mucha gente carcajeándose. Y Magalí es una de ellas.

—No eres lo que busco, Jesús.

—¿Y por qué quedas conmigo?

—Bueno, hasta que lo encuentre, me divierto.

Comemos y la acompaño hasta su empresa y de camino la pongo contra una pared, le como la boca y la magreo por todos lados como un pulpo haría con la mujer de un pescador[8]. Reconozco que ha sido sin planearlo. Casi tal y como se me ha antojado lo he hecho. Y reconozco también que durante esa fracción de segundo entre desearlo y hacerlo me ha venido el flash de Magalí un poco violentada por dar una escena cerca de su lugar de trabajo. Pero no. Se deja hacer e incluso hunde sus dedos en mi pelo.

No he sacado la polla de los pantalones pero todo el mundo diría que esto es mucho más sexo que alguna de las veces que he metido con según quién. Y de hecho, una señorona toca el claxon de su Mercedes, nos aplaude y silba. Se aleja gritando "así tendría que ser siempre".

***

Magalí se divirtió conmigo esas veces y después su sonrisa bellísima encontró lo que fuera que andaba buscando. Y yo que me alegré como quien se alegra de salar un guiso.

***

Notas del capítulo 23

1. "Amigo", en chino.

2. Mi BMW k-75 de 1989.

3. Ya sé que no la tienen. De nada, señores de la RAE.

4. El 4 de enero de 2018.

5. Línea de diálogo de Mia Wallace con Vincent Vega en el restaurante Jack Rabbit Slim. De la peli Pulp Fiction.

6. Espacio del dolor, en alemán.

7. Texto adaptado del que escribí en abril de 2005 en mi blog: https://ellosnoexisten.blogia.com/2005/041101-espacio-del-dolor-de-joseph-beuys-.php

8. Me refiero a una estampa erótica muy famosa de Katsuhisha Hokusai inspirada en el cuento japonés Taishokan.

32. IRENE

Pensé que era tímida, precavida, o ambas cosas. Después de mucho hablar durante cuatro días, finalmente accede a enviarme alguna foto.

—Pero antes tengo que decirte algo.

—Adelante.

—En realidad no me llamo Irene. Y tengo cuarenta y siete años.

—Perfecto ¿Y qué más?

—Soy actriz.

—¿Qué tipo de actriz?

—Cine y televisión.

Le explico que ya sé que las actrices también follan. Que me he relacionado con mujeres cuya exposición pública las hacían muy vulnerables. Y que pierda el cuidado conmigo.

—Vale.

Me manda fotos muy escogidas. Parecen de portfolio. De todas formas, ahora que sé quién es puedo encontrar fotos, vídeos, entrevistas, películas y series en las que aparece. Es una morenaza tremenda. Y muy buena actriz.

—Eres muy buena actriz.

—Gracias.

—Si te follo mal ¿podrás maquillarlo con una buena actuación?

—Seguro que podré. Y nunca sabrás si lo has hecho bien o no.

—Iré a verte el viernes.

***

Viernes 15 de junio de 2018.

Son las 8:30. Por fin voy a conocer a mi actriz favorita de todos los tiempos, exceptuando a Rita Hayworth, claro. Estoy delante de su casa. Es un apartamento que está en la planta baja de un edificio junto al puerto. Un adolescente sale de la puerta del que entiendo que es el piso de Irene. Es su hijo que se va al instituto. La llamo.

—Hola, estoy en la puerta.

—¡Pasa!

Lo dice en el tono que utilizan los directores al ordenar "acción". La beso como besarías a tu novia después de volver de la guerra. Besa muy bien. Esa mezcla de calidez, intensidad y cerrar los ojos en plan "que el mundo se vaya a la mierda" incluye esa química entre ambos que se tiene o no se tiene. Y nosotros la tenemos. Le acaricio la melena, el cuello, y voy bajando. Esta mujer tiene carne abundante y de primera calidad allí donde pongas tus sucias manos. Mi novia *Plus Size*[1] pone las suyas en mi erección. Primero toca por encima del pantalón. Desabrocha el cinturón y el botón de la cintura, baja la cremallera y saca el bicho de dentro de los calzoncillos. Ha estado a punto de bajarse al lodo, pero sigue besándome mientras me masajea lo que te dije. Algunas veces los besos son demasiado buenos. La llevo hasta la cama y la tumbo. Le quito las bermudas y le chupo el coño y se lo muerdo por encima de las bragas. Me voy hasta su boca y la beso de nuevo. Y le quito la camisa. He arrancado dos botones. Irene no parece muy enfadada por ello. Ni preocupada, vaya. Supongo que se da cuenta de que soy un buen tipo y que no tengo mala leche. Ya que estoy aquí arriba le quito el sujetador. Esas tetas... Cabes dentro de esas tetas. Y ahí te sientes seguro. Ahí estás reconfortado aunque tengas mala conciencia. Las tetas de Irene son una iglesia románica. Y mi polla casi se le mete en el coño con bragas y todo. Apenas un segundo, pero eso ha pasado. Así que le quito las bragas, me calzo un condón y me instalo en su vagina. Probablemente uno de los lugares más acogedores del mundo. Me rodea con piernas y brazos. Dejo un momento la nariz en su corazón. Desde ahí trazo una espiral excéntrica de besos y mordiscos. Mi cadera va por libre. No me tengo que preocupar por esa parte. Clavo los puños en el colchón, atenazando su cintura con mis antebrazos, y empiezo a martillear más que un juez pidiendo silencio. Irene pone los ojos en blanco y abre la boca. El aire sale y entra de sus pulmones con mucha libertad. Y a mí todo lo que suene a libertad me gusta. Le doy la vuelta. Realmente quiero agarrarme a cualquier lugar de esta mujer. Y debo deciros que especialmente este culo es algo que nadie en su sano juicio dejaría de palmear. Me pide más. Y más. Me aferro a su cintura y le doy como a cajón que no cierra. Su ano parece más que dispuesto y nunca había visto a Irene tan excitada como ahora. Cambio de agujero con las lógicas precauciones. Su culo me queda un poco alto, pero me agarro bien a sus caderas, cintura e incluso hombros. Mis rodillas se separan del colchón. Levito un poco. Soy Son Goku cabalgando la nube voladora. Ya sabéis que solo las personas de corazón puro pueden subirse a ella así que vale la pena portarse bien, chavales. ¡Corten!

Nos damos una ducha y hablamos de cine, de series de televisión y de lo mal que está la cosa para las actrices de mediana edad. Hablamos de la dificultad de lidiar con adolescentes. Hablamos de la suerte de vivir en la Costa Brava y tener este clima.

—¿Posarías para mí? Quiero hacer un molde de tu torso. Te pagaré por ello. No tengo mucho dinero pero quiero pagarte. Por primera vez puedo pagar una modelo. ¿Te apetece ser mi primera modelo profesional?

—Claro que sí.

Llevamos el ventilador de pie a la habitación, lo ponemos al máximo y rodamos otra toma de la escena que hemos hecho antes. Cojo el coche rumbo a comisaría. Son las 13:15 y con suerte llegaré a tiempo al briefing.

***

Seis días después aquí estoy de nuevo, cargado con todo lo necesario y más para sacar un molde del cuerpo de Irene. Hace tres días que me pegué una soberana hostia con la moto y tengo el cuerpo dolorido, pero si quedé aquella misma noche con Morgana (Cap. 33) hoy no tengo excusa. Y además, lo primero es lo primero. El ventilador está en marcha en una esquina de la habitación. Son las diez de la mañana y aquí hace mucho calor como para follar a lo grande. En medio del polvo suena su teléfono.

—Lo siento, tengo que cogerlo. Es mi representante.

Ella habla por teléfono y yo... Bueno, bajo el ritmito, pero del culo no se la saco. Afortunadamente los dos hacemos nuestras propias escenas de riesgo y la cosa sale bien. Bueno riesgo... Tampoco tanto. Repetimos exactamente la misma toma de la semana pasada. No toques lo que está bien. Eso pienso.

—¡Me han dado el papel! —Dice.

—Enhorabuena —y empujo.

Acabamos y nos falta el aire, así que mejor me quedo un rato descansando. Porque aire voy a necesitar. He traído una piscina infantil hinchable que he comprado por treinta euros en el Alcampo. Y la hincho a pulmón.

—Voy a buscar una cosa que necesito. Rasúrate el coño —le digo.

Solo encuentro cava frío en una pastelería y me lo cobran a precio de turista. Cuando llego a su casa ya tiene el pepe como una patena. Sirvo el cava en copas de tulipa. Le doy una y brindamos.

—¿Dispuesta a llevarte el Oscar?

—Ya lo creo —contesta.

—Espera. Ponte de rodillas. No, no sueltes la copa. Ponte de rodillas con la copa. Cógeme la polla. Como si fuera la estatuilla. Y da las gracias. Di eso de "Quiero dar las gracias a la academia..."

Y lo hace. Está feliz, reconocida, divertida y follada. Y ahora probablemente me está haciendo una de las mamadas de su vida. Todo, de alguna manera, va a salir en el molde. Ya lo creo que sí. La meto dentro de la piscina hinchable y la unto de aceite de oliva. Mientras, va dejando mensajes de voz dando la noticia. Es un notición, la verdad. Yo también estoy contento. Preparo la escayola y se la vierto por encima. Cuando el material fragua pincho la piscina con un cuchillo y el molde sale fácilmente y muy entero y yo estoy todavía más feliz.

Irene se ducha y yo llevo todo al coche. Le doy besos y abrazos y capta la indirecta.

—¿Ya te vas?

—Sí, que no llego.

—Uno más.

—No, Irene, que no llego a currar.

—Uno más. Uno más. Uno rápido. Va.

Soy debilucho, sí.

Diez días después aparece por comisaría. Quiere que nos tomemos algo cuando *plegue*[2]. Le digo que solo una copa. Y que me espere al lado de base[3]. A las once de la noche salgo de comisaría y la voy a buscar al bar. Está con una cerveza. En el tiempo que necesita para acabarse el último trago pido una de medio litro, me la bebo y pago.

—Vámonos de aquí —digo.

Nos metemos en el London, en la calle Nou de la Rambla. Dos minutos caminando desde comi[3]. El London es un bar histórico de Barcelona. Una coctelería en un local maravilloso, centenario, modernista y decadente. Y donde los adolescentes de los 80 íbamos a escuchar Heavy Metal y otras músicas maravillosas. Ahora, además, tiene *atrezzo* y evocaciones del mundo del circo, así que el rollo cabaret guapo que tiene es incomparable. Pedimos dos cócteles con muchos trucos muy poco vistos. El mío incorpora humo de una madera noble y rodaja de naranja caramelizada. Irene mira el espectáculo del barman y yo me pego a su espalda y le cojo las tetas. El camarero no ha perdido la concentración un solo segundo. Realmente una experiencia recomendable.

Me explica que dedica todo su tiempo al guión de la nueva peli. Y que es el primer día que sale. Y que no ha follado con nadie desde que le hice el molde. Nos vamos al fondo del local. Hay una pequeña pista de baile donde nos podemos dar el lote.

—Vamos al lavabo y fóllame —dice.

—Ni de coña. Además, me tengo que ir.

Insiste. Insiste mucho. El London es un bar con mucho encanto pero su lavabo no es el sitio donde quiero follar. Definitivamente no.

—Nos vamos —digo.

Yo tengo que pasar por comisaría a recoger el casco y ella sigue Ramblas arriba hasta el parquing donde ha dejado su coche.

—¿Puedo entrar al lavabo en tu comisaría?

—Sí, claro.

La acompaño al lavabo que hay en la sala de espera donde las víctimas esperan a ser atendidas para hacer la denuncia pertinente. Yo me quedo hablando con el compañero de atención al ciudadano. Desde el lavabo, Irene me chichea. Quizás necesite papel higiénico. Me acerco a la puerta, me coge del brazo y me mete para adentro. Y hasta aquí puedo leer. Cuando salimos el compañero tiene su momento de gloria:

—Señora, está usted en una comisaría de policía. La próxima vez muestre más respeto y no sea tan... (y ahí lo dejo[4]).

***

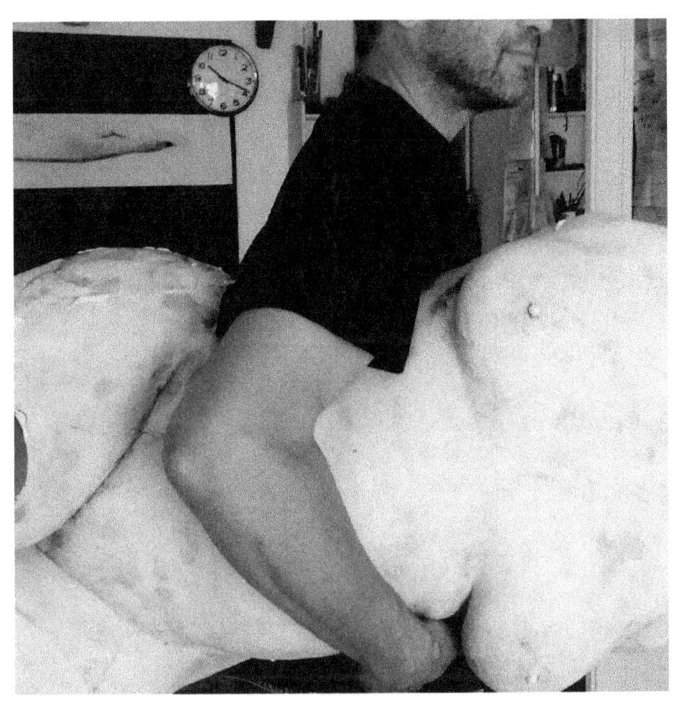

Notas del capítulo 32

1. Talla grande. Denominación que ha hecho fortuna para denominar a las modelos "gorditas".

2. Catalanismo. En catalán "plegar" significa "acabar la jornada de trabajo". Y se utiliza en toda Cataluña y en Valencia comúnmente, también cuando se habla en castellano.

3. Comisaría.

4. Rima con "fruta".

43. JUDIT

—¿Qué quieres que lleve de ropa interior? —Pregunta.

—Los lunares de tu cara.

Tiene uno en el pómulo derecho y tres en el izquierdo. Estoy deseando besarlos.

—¿Qué?

—Me da igual. Quiero que estés cómoda.

—¿Ninguna preferencia?

—No me entusiasman los tangas.

—¿No? Joder. Creo que solo tengo tangas. Vale, ya miro a ver.

La chica parece muy complaciente. Es la primera, en mucho tiempo, que no sale de una app de ligar. Me la pasa Lilit[1], una compi. Esas cosas que crees que solo las oirás en historias que explican otros. Un día cualquiera de esos que intentas respirar para no ahogarte con cualquier mierda y de repente un mensaje del chat te viola la mente con un "Escuchaaaaa, que sepas que te ha salido una fan entre mis amigas y que me ha pedido tu teléfono". Lilit me envía la foto de una rubia muy guapa dándole un beso a la cámara y un "esta es la chica". Como diciendo "tú aún no lo sabes pero te estoy haciendo el regalo de tu puta vida".

*

He llegado con tiempo de sobra. Cuarenta minutos. Llámalo interés. O hambre. Decido caminar hasta el hotel. El día es frío y sopla viento. A pesar de ello, el sol calienta si subes el Passeig de Gràcia por la derecha. Son las doce menos cuarto y hace el típico día de otoño de diecinueve de noviembre. El típico día de otoño que, cuando giras a la derecha desde la Diagonal y tomas la Via Augusta, notas una pequeña pulsión entre las piernas. Y cuando llegas a la plaza Gal·la Placídia tienes la polla como una butifarra. Ella (la polla, digo, no Judit) sabe que está a cincuenta metros de un polvo *Deluxe*. Este es el tipo de día de otoño que hace hoy.

Judit llega con la cara radiante, iluminada, dentro de un SUV^2 muy chulo. Lleva escrita en el culo con una fuente futurista la palabra "hybrid". El coche, no ella. Allí huele a vainilla. No, a coco. No, a vainilla. Retiro del asiento una diadema rosa de plástico con florecillas; es de talla pequeña; como para una cabeza de seis, siete u ocho años. La madre de la niña me da medio beso. Me esperaba un poco más de efusividad. Quizás es que estamos en la calle, en la línea de fuego del teleobjetivo del detective privado que ha contratado su marido. Sonríe con los ojos por encima de las luces nacaradas del maquillaje. No se llama Judit, pero la llamaré así porque es un punto más guapa y dos más interesante que Judit Mascó en su mejor momento. De paso, también para preservar su identidad.

Entramos con el coche al parking del hotel Regàs y le damos las llaves a alguien que lo aparcará y le pondrá un trapo sobre la matrícula. Otro amable asistente vestido de gris pizarra, que podría pasar perfectamente por el hermano feo de Tom Selleck, nos hace de Cicerone. Entramos en un pequeño departamento tras unas cortinas. El protocolo de discreción evita que nos crucemos con cualquier otra pareja. Llámalo también ritual. Si no pasas por las cortinas ¿para qué vienes a un lugar tan de la vieja escuela? Nos besamos. Bajo la cremallera del chaleco acolchado de poliéster y se lo abro. Sé que ella espera que le coja las tetas pero solo utilizo una mano. Cuando llevo encima la Glock nunca tengo las dos manos ocupadas y siempre tengo una parte del cerebro vigilante. Le agarro el culo y bajo la mano por encima de los jeans buscando el calor hasta cogerle el coño. Abre la boca un poco más y se le escapa un "ay". Flojito.

—(¡Ay!)

—Cuando quieran los señores —dice desde el más allá Mr. Selleck.

Entramos los tres en el ascensor. Giro a Judit contra una de las paredes y le pongo las esposas.

—Queda detenida. Tiene derecho a no declarar, a no contestar a cualquier pregunta que le haga...

Magnum[3] permanece de cara a la puerta. Ni se inmuta. Siempre es bueno saber que puedes confiar en alguien. Entramos en la habitación.

—...a que avisemos a quien nos diga de su detención y de dónde se encuentra; derecho a llamar por teléfono a quien quiera...

Pongo a mi detenida contra la pared y le hago un registro superficial. Se oye el típico sonido sordo y redondo de destapar con control una botella de cava. No me desconcentro. Le desabrocho la camisa. El sujetador se abre por delante y hay un cirujano que ha hecho una obra maestra con seiscientos gramos de silicona.

—Es por la seguridad de todos, señora. Tiene derecho a solicitar un *Habeas Corpus* si cree que su detención es ilegal —digo en voz alta.

—Les sirvo el cava.

Le bajo los pantalones por debajo del culo. Se oyen las burbujas llenar las copas de tulipa. Le toco el coño con los dedos y los huelo. Los mojo en la boca y repito la jugada. Hago eso tres veces. La tengo *al dente*. Para mí es una buena señal. La tengo dispuesta a saltar la trinchera, pero sabiendo esperar. Tengo el nerviosismo justo. Se oye la botella al acomodarse en el cubo metálico, entre los cubitos de hielo.

—Gírese, señora.

—Para salir marquen el nueve en el teléfono —Mr. Selleck susurra lo que marca el protocolo y sale de la habitación.

—Gracias —grito—. Póngase de rodillas, señora.

No me bajo los pantalones. Todavía llevo la pistola en la ingle derecha. Me saco la polla y se la meto en la boca. Le recojo la melena y miro por el lado. El chaleco acolchado[3] y la camisa están abiertos. Un colgante de oro en forma de cruz se columpia y golpea el esternón a cada cabeceo. Es un prólogo que promete más que un candidato en campaña. No le fuerzo la cabeza. Solo le sujeto el pelo. Ella sola se provoca la arcada. No vomita, pero la saliva le cae cuello abajo como un riachuelo.

—Le quito las esposas, señora. No me la juegue. Solo si se porta muy pero que muy bien se las volveré a poner. Vaya al lavabo.

Le cojo las manos y la ayudo a ponerse de pie. Tiene los ojos vidriosos. Se ha emocionado. ¡Qué mona!

—Baja un poco la luz y pon la chimenea —ordena desde el lavabo.

Apago todas las luces y enciendo la pantalla de plasma que reproduce en bucle una película de una estufa de leña con buen fuego. La pantalla da una luz naranja tintineante muy agradable y yo me guardo la polla. La tengo dura como una piedra. Dejo en la mesita de noche la pistola en su funda de piel, las esposas, la cartera con la placa, el teléfono, las llaves, los condones y el lubricante. Regulo la inclinación del espejo enorme. Sí, desde el cabezal de la cama tengo una visión casi perfecta de todo el colchón. Me gusta ver cada detalle de la chica y de la acción pero he aprendido que lo más importante es que ella se sienta cómoda. Y si ha pedido poca luz tendrá poca luz. Ya encenderé la antorcha del móvil cuando la grabe.

Deja el chaleco en el sofá y se sienta a los pies de la cama. Empieza a quitarse los zapatos. Me arrodillo delante de ella y lo hago yo. Le muerdo a través de cada una de las prendas que le quito. Zapatos, calcetines, pantalones, camisa y sujetador. Le muerdo y chupo a través de las braguitas. Mi saliva y su alma líquida dejan empapado el *culotte* Intimissimi. Hay momentos en que la vida es tan perfecta como ahora, cuando es ella quien no puede aguantar más y se quita las bragas para que le coma el coño. Judit, no la vida.

Además de la lengua, encuentro trabajo para las dos manos. Ya sabes: el trabajo en equipo, que el conjunto es superior a la suma de sus partes, que si tenemos que tener todos los recursos controlados... Se coge las tetas y se pinza los pezones. Libero la mano derecha de allí y le meto el pulgar en el culo. Tres, dos, uno... Suelta un "uoooooooo" bastante escandaloso ¡La madre que la parió! Y sin más historia, sin descansar, sin "gracias", ni "me he corrido como una perra":

—Fóllame.

*

Escribo esto en el tren cuatro días más tarde. Estoy volviendo a casa después de estar con Mimolette (Cap. 40). La ventana de enfrente hace de espejo y me devuelve la imagen de la chica que está sentada a mi lado (Cap. 73). Es una mujer de cuarenta y tantos vestida como para cerrar un trato importante. El pelo es castaño con mechas rubias, cuidadosamente despeinado. Huele muy bien. Intenta leer la pantalla de mi portátil. Amplío al 200% la vista y selecciono y pongo en negrita lo que acabo de escribir. Eso de "me he corrido como una perra": —Fóllame". Y escribo también "Dame tu número, morena con falda de tweed".

—Lo haces bien. Pero no, gracias —me dice al oído.

Escribo mi número de teléfono en el ordenador.

*

Esto... Sí, volvamos con Judit. Estamos con un misionero *thrash metal*. Tiene un cuerpo magnífico. Como el de una saltadora de altura de veintiocho años. Excepto por las tetas que se ha puesto nuestra chica, claro. Y que Judit tiene cuarenta y dos. Varío la posición, ángulo de entrada y cadencia de las embestidas. Dejo la polla aparcada un rato si veo que pone los ojos en blanco y después me pongo con otra cosa movilizando todos los recursos que tengo. Ya me entendéis. Nos giramos y se levanta. Me sienta sobre la silla, coge las dos copas de cava y se sienta encima a horcajadas. Ordena, más que pide, unos cuantos "continúa así", "déjala aquí" y "no te muevas". Ahora mismo mi misión consiste en mantenerla bien dura y en su sitio. Tres minutos de orgasmo, de temblores y gemidos no es ni mucho ni poco, pero es una pasada. Tiene todo el cuerpo salpicado con centenares de lunares. Me alucina.

—¿Tú no te corres, Jesús?

—Cuando quieras.

—¿Aguantas hasta que te diga? ¡Buah! Ahora la quiero a cuatro patas.

Esperaba que me dijera que fuera a por lo mío; que

acabara a mi manera; que me volviera loco. Pero no, ya ven. Cojo mi copa y me la acabo. Quizás es lo único que me voy a poder acabar hoy, visto lo visto. Judit me sigue con la mirada. Cojo de la mesita el lubricante y el teléfono. La señora, a cuatro patas, tiene arqueada la espalda y deja claro que sabe bastante de eso de presentar el coño. O tiene talento. Pongo las manos en sus costillas flotantes. Tiene un tatuaje hiperrealista de tres mariposas en la espalda derecha. Deslizo los dedos por la cintura hasta la pelvis y atenazo las crestas ilíacas de sus caderas. Que pese cincuenta y un kilos en un metro setenta de altura favorece algunas acciones. Como un módulo espacial acoplándose a una nave dirijo mi sonda hasta el cono receptor. Entro poco a poco hasta el fondo. Houston, maniobra de acoplamiento finalizada con éxito.

—¿Cómo lo quieres?

—Me gusta todo, Jesús.

En primeras citas, si no hay ninguna demanda específica o surge lo que sea de manera espontánea, es bueno ir a los básicos. Los básicos te dan orden y estructura. Es importante tener un correcto "fondo de armario". Pechos, cuello, hombros y toda la espalda hasta agarrar el culo. Empiezo a bombear. En fin, lo que todos entendemos por follar a cuatro patas modo estándar. Ella se toca por debajo y yo pongo a grabar el móvil. Con la otra mano le pongo lubricante en el culo. La espalda le tiembla y las mariposas parecen cobrar vida. Le meto el pulgar, le meto dos dedos enteros.

— Jesús! ¡Encúlame! ¡Poco a poco! ¡Uf! ¡Poco a poco!

Creo que me he enamorado. Se pone muy perra cuando le digo "me encanta clavártela en el culo, zorra". En unos cinco minutos tiene otro orgasmo múltiple. Es un poco pesada la tía con eso.

—Me encanta sentir cómo me pegas con los huevos, Jesús.

Alguien importante llama por teléfono. Es de esas chicas listas que tiene asignados tonos de llamada únicos para algunos contactos.

—Cógelo —digo.

—No, acaba tu, Jesús.

Le doy todo lo duro que puedo, buscando lo mío. Me encanta ver la polla entrar y salir con violencia. Empieza a quejarse y estiro la mano a un lado para grabarle la cara.

—¡Córrete, Jesús! ¡Córrete-córrete-córrete!

Me salgo y la empujo lateralmente para que caiga sobre su espalda. Me monto sobre sus piernas y le salpico de leche el vientre, las tetas y la cara.

*

Vuelvo del baño con una toalla para limpiarle el estucado.

—Déjame que mire, Jesús.

Coge el teléfono. Abre mucho los ojos. Se le mueve el cuello al tragar saliva. Y se pone una mano en la boca.

—Joder, puto Klippan...

—¿Quién?

—Mi marido. Klippan —dice.

—¿Qué pasa?

—Ha llamado al despacho y le han dicho que me había ido a las once.

—Y ahora, ¿qué?

—Ya lo arreglaré. Todavía tenemos más de una hora.

Se deja caer de espaldas en la cama y abre y abre lentamente las piernas.

—¿De dónde es tu marido?

—De Sarrià de toda la vida.

—¿Cómo se llama?

—Marc.

—No es el nombre que has dicho antes.

—¿Klippan?

—Sí.

—Es el nombre de un sofá de Ikea. Le llamo así porque es un mueble. Bueno, no le llamo así a la cara, claro.

No me aguanto la risa. Me cuesta decirle "Hi-ja-de-pu-ta", pero se lo digo.

Me ha pedido subirse encima. Y se marca un *reverse cowgirl* de campeona del concurso de rodeos.

—¿Te gusta? —Me pregunta.

—Me encanta.

Le excita eso. Que me encante. Le excita mucho. A esta tipa también la han diseñado para dar placer.

—Me encanta que me cojas los huevos.

Y lo hace ¿Qué les dije?

*

Con ritmito como de cámara lenta no llegaré a tiempo al *briefing*. Necesito activarme. Camino rápido cuando salgo de la parada de metro de Liceu y corro desde la esquina de la calle Unió hasta la puerta de la comi. Veo a Isi y a Jaggy que ya enfilan el camino al interior de la zona restringida. Los alcanzo en el ascensor.

—Hueles a coño, cabrón —dice Isi.

—Joder, si me he lavado la cara.

—Hijoputa —dice Jaggy.

Después del *briefing* envío al compi a tomar café.

—Tengo que hacer gestiones —digo.

Hay un ordenador libre. Miro mi calendario laboral para ver los juicios que tengo pendientes. Cierro mi sesión y vuelvo al navegador. Entro en la web de IKEA. Tiene mala leche la Judit esta. El sofá KLIPPAN, de dos plazas, es el más barato: 349€. Me meto en el lavabo y miro los vídeos que he grabado. El de la mamada es espectacular. Lástima que cuando me corro se la saca de la boca y se hace una mascarilla facial. Lástima, porque a mi leche le gusta morir en el estómago.

*

Las cuatro de la madrugada es una hora buenísima para llegar a casa después de gestionar un detenido de última hora. Todo el turno trabajando en las fronteras del distrito. Picando piedra. Y finalmente: ¡Bingo! Cuando todo el mundo entra en base para acabar su jornada, nosotros pillamos una rata con una mochila llena de teléfonos robados.

Salgo de comisaría muy cansado. Agotado. Muerto. La Gilda[5] cuida de mí. Estable, me calienta las piernas y me hace vibrar los huevos con el motor y me habla directamente al corazón a través del depósito. En casa todo el mundo duerme excepto la Lola, que sale a recibirme y me saluda con amor desesperado. Me pongo a escribir con una copa de vino y un *tupperware* de macarrones gratinados que saco de la nevera. Ni los caliento. Me muero de hambre. En veinte horas he comido una ensalada y un coño. Estoy a tope. Cuando la familia se despierta yo ya he acabado el capítulo. En cinco horas. Le he puesto el título del sabor del día: *Cherry Pussy*[6].

***

Quedamos cada martes. Es un buen día. Los lunes visito a Julia (Cap. 49) y los jueves o viernes estoy con Mimolette (Cap. 40). Junto con Gemma (Cap. 17) son las cuatro mujeres fijas de cada semana. Y con Judit los martes, sí. Llega al hotel con la bolsa del gimnasio, nos tiramos tres horas metiendo como animales, yo me voy a currar y ella a buscar a los críos al cole.

Un día me pide hacerse fotos con mi pistola de servicio. Eso no puede ser, pero como tengo una *Walther p99* de *airsoft* me la llevo y le hago fotos empuñándola y apuntando. Desnuda. Foto de la pistola entre las tetas. Foto con la pistola en el coño. Foto chupando el cañón... Esas cosas. También me pide que le monte un trío con otro poli.

Otro día le regalo un *plug* anal de los gordos. Lo usamos y le gusta. Le gusta un montón. Especialmente porque ejerce presión en la vagina y así nota más mi polla tamaño *average*[7]. A mí me gusta todo, pero sobre todo que disfrute ella. Me pide que se lo guarde yo, pero que lo lleve cada vez que quedemos. También me pregunta si puede traerse "el alien". "El alien" es un vibrador muy cuqui que le acompaña muchas noches de soledad. Un dispositivo en el que se puede confiar. Le digo que por supuesto, que lo puede traer a nuestras citas cuando quiera.

—Hay hombres a los que no les gusta. Creen que con ellos no se necesita nada más —dice.

—Yo no soy así. Conmigo lo que quieras.

—Móntame un trío con otro poli.

Otro día se empeña en invitarme a cenar. Se pone un vestido lencero gris ceniza. De seda. Con encaje blanco en los bordes. Se viste de trofeo para que me sienta único y por encima de todo ese rebaño de hombres de negocios que están con sus cenas de empresa. Esa necesidad absurda y troglodita de ser un machito. Le digo que me enseñe las tetas en la mesa y lo hace. Y cada vez que se acerca el camarero o pasa alguien introduce en nuestra conversación alguna guarrada en voz alta.

—Nadie me folla como tú, Jesús.

—Eres el mejor amante que he tenido nunca.

Cosas así. Es mona, ¿sí?

—¿Me quieres? —pregunto.

—Claro que te quiero.

—Ok. Era una curiosidad. No me lo dices nunca.

—Estoy escaldada del amor, Jesús. No lo digo. Pero te quiero. Claro que sí.

No se lo he vuelto a preguntar. Lo dice de vez en cuando y suele ser como reacción a mis "te quiero". Y a mí me vale. Y me valdría lo contrario, claro.

Otro día posa para mí. Quiero hacerle un retrato. El tipo de retrato que no puede colgar en su casa.

—Mi marido sabrá que soy yo —dice.

***

Bueno, ya lo ven, Judit lleva muchos días pidiéndome un trío con dos polis. Conmigo y con otro. Que se lo monte. Que lo quiere. Pero conmigo. Que yo haga de maestro de ceremonias. Que se lo monte. Está pesadita. Que un trío con una chica ella no dice que no. Pero que tiene que ser muy preciosa la chica. Y que si es preciosa entonces que sí. Pero que primero quiere dos tíos.

—Si alguien puede hacerlo eres tú, Jesús.

Un trío, e incluso una orgía, puede surgir de la manera más peregrina e inesperada, incluso con cierta facilidad. Y también puede ser lo contrario.

—Que sea policía y que esté bien el tío.

—Necesitaré enseñar fotos tuyas. Nadie se va a apuntar a un trío sin saber cómo eres. Bueno, o sí, pero será más fácil si puedo enseñar algo.

Pactamos un pequeño muestrario que puede competir con cualquier publicidad de una carnicería de *delicatessen*. Son muchos los compis que me han ido diciendo algo así como "Tito, a ver cuándo me invitas a una fiesta de las tuyas", así que empiezo mi prospección por esos mismos colegas. Lo planteo siendo fiel a mi estilo. Directo. Transparente. Sin anestesia.

—Compi, ¿te apuntas a un trío? Con Judit. Quiere follar con dos polis. Tú y yo y ella. No, tú y yo no vamos a hacer nada. Los dos nos la follamos. ¿Que si está buena? Es preciosa y tiene un cuerpo de escándalo. Mira. Sí, es guarra. Muy guarra. Sí, todo: boca, coño y culo. Sí, condón, claro, desde el primer momento. Total discreción. Es muy segura. Está casada y quiere cero problemas.

Muchos dicen que sí en primera instancia para después decir que no. Hay muchas excusas muy variopintas:

—No, en realidad yo no puedo dar la talla —dice compi random #1.

—No, no es lo mío. Pásamela y follo con ellas a solas —dice compi random #2.

—Me lo pienso y te digo algo —dice compi random #3.

—¿Y si no trempo? —Dice compi random #4.

—¿Cuánto me va a costar? —Dice compi random #5.

Ese es el nivelazo. Finalmente, Isi se moja un poco.

—Pásamela. La pruebo y después hacemos el trío ese.

Hablo con Judit y da su ok. Los pongo en contacto, quedan y se hartan de follar.

A Judit le ha gustado Isi. La ha dejado que no puede sentarse, pero que lo que ella quiere es un trío.

Isi dice que "¡vaya con la Judit, qué pedazo de animal!". Que le moló mucho pero que lo del trío no lo ve. Que si no me importa que se la folle alguna vez más a solas.

—Pues no, no me importa. Aunque de lo que se trataba es de hacer el puto trío.

Judit dice que no. Que estuvo bien follar con Isi. Que es un miura con una polla enorme. Pero que ella lo que quiere es un trío.

Pasan los días y soy incapaz de encontrar un compañero que acepte uno de los regalos de su puta vida. Y nos plantamos en diciembre. En navidad. En la cena de la unidad somos no menos de trescientos agentes, así que cuando ya estamos con las copas, me dedico a pasar mesa por mesa haciendo la propuesta.

—Si alguien quiere apuntarse a un trío con Judit, que me lo diga.

Y explico todo. Resuelvo todas las dudas posibles. Al cabo de media hora recibo un mensaje de un compi. Uno de trescientos.

—Yo estoy interesado —dice.

Pero es un compi que no encaja en uno de los "must" de Judit: "y que esté bien el tío". Es un señor mayor, gordo y un poco retrasado.

La solución estaba en otro lado. Hay que estar atento, con el foco en ello, para saber que ahí está la oportunidad.

—*Bon nadal, company. T'estimo.*

Es Arni. Arnold. Me desea Feliz Navidad y me declara su amor. No se llama Arnold. Lo llamo así por Arnold Schwarzenegger. Mi Arni es una especie de fuerza de la naturaleza. Fuerte físicamente, maduro mentalmente, rudo cuando conviene y sensible siempre.

Le llamo y le hago la propuesta. Y me contesta lo que siempre debería haber esperado y tenido en cuenta.

—Soy tu soldado. Y siempre estoy a punto para cualquier misión. A tus órdenes.

—¿Quieres ver antes a Judit?

—No es necesario. Dime el día, la hora y el sitio.

Cuadramos todo para el jueves 31 de enero de 2019. Tenía que ser un jueves. Es el día en el que Judit sale con sus amigas a cenar. Ese día ellas también saldrán y la cubrirán con una coartada coral.

*

Me he encargado de todo. Un hotel discreto y moderno. Muy céntrico. En la calle Diputació, en pleno Eixample. La habitación está muy limpia, tiene una cama *king size* con sábanas blanquísimas y un plaid marrón. El lavabo es grande, con una ducha tipo lluvia espectacular. Tapo el lavamanos y meto el agua con gas, las cervezas, el Trina de limón, El cava Anna de Codorniu, el Enate tinto y el Viña Esmeralda. Vacío la bolsa de cubitos de hielo encima. Sobre la mesa coloco las bolsas de tostadas de pan, el salmón ahumado, la tabla de embutidos ibéricos y la cuña de queso manchego cortado, palitos de pan con sésamo, frutos secos variados al horno y chocolate. Follar no sé, pero de hambre no nos morimos hoy. Sacacorchos, copas de vino y de cava, antifaz, unas esposas, condones y lubricante.

A las 22:20 llega Judit. La estoy esperando en la calle. Baja de un taxi. Viste un abrigo negro con detalles en rojo y que le cubre hasta medio muslo. De ahí para abajo medias y zapatos de tacón. Se ha vestido con falda la muy cerda. Llevo pidiéndole que se vista con falda para mí desde el primer día y nada. Y hoy, que no la tengo en exclusiva, se pone falda. Bueno, quizás no lleve ni falda. Llegamos a la habitación y deja el abrigo en el armario. Lleva falda. Y medias. Se las sube y elimina cualquier arruga. Se sienta en la cama y le sirvo una copa de blanco.

—¿Estás nerviosa?

—Un poco. Pero solo eso, un poco.

A las 23:15 llega Arnold. Él parece un poco nervioso, también. Muy poco. Pero muy poco nervioso es mucho en él. Es un hombre con nervios de acero. Se saludan con besos en la mejilla y sirvo dos copas de tinto para nosotros. Hablamos un poco de todo y, cuando veo que el ambiente está relajado, doy la entrada.

—¿Qué te parece Judit?

—Tenías razón. Es preciosa.

—¿Nos la follamos a lo grande?

—Claro que sí.

Dejo mi copa en la mesa y hago lo mismo con la de Judit. La tumbo en la cama, le abro las piernas. La falda se le sube sola. Le quito las bragas.

—Te cedo el primer bocado —digo.

—Tranquilo, empieza tú. Somos hermanos. Podemos comer del mismo plato —dice Arnold. Y se baja los pantalones.

—Cómele la polla a mi amigo.

Hacemos varias combinaciones con transiciones que fluyen de manera pasmosa. Disfruta mucho con uno en el coño y otro en la boca. Y nosotros ni te cuento la fiesta que nos recorre las venas. Pero ella lo que quiere de verdad es lo que se le viene encima ahora. Como un tren de mercancías. Judit gime a veces como siempre lo ha hecho conmigo: en voz baja y con algunos lamentos. Y otras veces como una parturienta sin epidural. O como quien deseaba con todas sus fuerzas una doble penetración y se la está llevando a lo grande. Y quiere más. Ella siempre quiere más.

—¿Podemos otra doble al revés? ¿Contigo en el culo? —señala a Arnold.

Follamos, comemos y bebemos hasta que se acaba todo: la comida, la bebida y la energía. Bueno eso pensaba yo.

—Chicos, son las tres de la mañana. ¿Os parece si acabamos? Si no os sabe mal me ducho primero, que yo vuelvo en bus.

Los dos dan el ok, así que me meto en el baño. La ducha es como la que se da en el cielo tu ángel custodio después de evitar que te cases con la persona equivocada. Salgo secándome y me encuentro a esos dos animales dándole de nuevo. Me siento en el pico de la cama y me hago un selfie con ellos detrás metiendo como si no hubiera un mañana. Me visto, espero a que se corran y les doy besos.

—Te quiero, guarrilla. Te quiero, cerdo —digo.

***

El 15 de enero de 2021, hasta la polla de que me dé largas con lo que yo quiero hacer con ella, me presento con mis cuerdas. Cinco veces ha dicho que no. Que no la voy a atar.

—Voy a atarte te pongas como te pongas.

Esto va en contra de todos los cánones. Esto no es BDSM. Yo debería haber pactado todo con ella, establecido límites y palabras de seguridad. Y no. Quizás sí. Quizás es tácito, pero en el mundillo "bedesemero" la cosa no va así. Nada de tácito. Por escrito. Casi. Soy un puto *outsider* allí donde aterrice mi culo. Joder.

Tampoco soy un cerebro reptiliano atado a una polla. Tengo una cierta estrategia. Nuestro primera hora es como cualquier otra y se salda como cualquier otra: besos, caricias, comida de coño y polla, polvo vaginal, anal, occipital y epidural. Y ahora sí. Dos *futomomos*[8] recogiendo sus dos piernas y atándolas a un arnés de cadera. Y las manos atadas a la espalda. Nuestra Judit disfruta como una perra. Era de esperar. Joder. Era de esperar. Me agarro a las cuerdas para empujar como si quisiera atravesarla, atravesar la pared y atravesar la fachada del hotel.

—Me ha gustado esto de las cuerdas.

—Hi-ja-de-pu-ta.

***

Otro día dice que le apetece un trío con una chica.

—¿Cómo tiene que ser la chica?

Un chiste que me encanta se corresponde con una viñeta de Forges. Un hombre de unos cincuenta años está delante de un administrativo en la oficina de empleo. El funcionario le pregunta: "¿De qué le gustaría trabajar a usted?". A lo que el parado responde: "Hombre, pues en un despacho con buenas vistas y aire acondicionado, un buen sueldo con dieciséis pagas y una secretaria a mi servicio que sea un estilo a Claudia Schiffer. El oficinista le dice: "¿Qué, de cachondeo?" Y el parado dice: "Usted ha empezado, que conste".

Pues eso. No ha pillado la ironía cuando he preguntado cómo tiene que ser la chica. Porque no es nada fácil encontrar así como así una chica para un trío y que sea joven, bonita y limpia.

—Tú puedes conseguir eso y lo que quieras. Tú puedes conseguírmelo todo, Jesús.

Ahí queda eso. Sin presión.

Tardo doce días en que alguien que encaje en los requerimientos de Judit acepte. Hebe (Cap. 80). No solo encaja. Es de lo bueno lo mejor. Cuadramos agenda y finalmente hay un día que nos va bien a todos. Reservo el hotel, compro flores y comida y preparo cuatrocientas cosas que nos ayudarán a tener una experiencia mejor. Y entonces, dos días antes:

62

—Jesús, tenemos que anular. Me acaba de venir la regla —dice Judit.

No me cabreo. Le explco la situación a Hebe e intento quedar con ella a solas y hacer shibari del bueno, pero no le interesa. Todo es un bajón importante. Judit me dice de quedar la semana que viene. Y que si Hebe no quiere que da igual. Que quedemos nosotros dos a solas. Y le digo que "ya veremos" Y no quedo con ella. Es como que la castigo. Bueno, no. Que en realidad sí que estoy cabreado. Y esa actitud pueril, destructiva, de ego; me lleva a perderme unos buenos polvos con Judit. Y es mucho, te lo aseguro.

***

Han pasado dos semanas desde que anulamos el trío. Día 16 de la regla. En plena ovulación.

—Hola cariño.

—Hola preciosa.

—Estoy muy-muy caliente. ¿Quedamos mañana?

—Vale, pero posa para mí. Quiero hacerte un molde.

—No. Quedemos para follar, va.

—Follamos, pero le dedicamos veinte minutos a hacerte un molde. Solo tienes que estarte quieta y lo podemos hacer entre dos polvos.

—No, Jesús. No quiero. Quedemos para follar, como siempre.

Y no. No quedamos. No quiero. Y no porque no me apetezca Judit. Me flipa estar con ella. Pero de alguna manera me hiere el ego que no ceda ante un capricho mío. El puto ego.

No hemos vuelto a quedar.

***

Judit sigue tentándome de vez en cuando. Y cualquier vez es una tentación muy fuerte. La última fue invitarme a una fiesta sexual privada y muy exclusiva. Una orgía de gente muy guapa y muy rica. Son cosas que se hacen en diferentes ciudades del mundo con el mismo esquema. Una especie de "Eyes Wide Shut"[9] pero follando a lo grande. Esta se celebra en Barcelona cada tres meses. Asiste gente de todo el mundo. Y algunas de las personas que vienen lo hacen con el vuelo pagado por los anfitriones, una pareja de daneses.

—Follé por primera vez con una mujer, Jesús. Es preciosa, mira. Me encantaría que un día nos follaras a las dos.

Y me manda cinco segundos de vídeo de una rubia a lo Sienna Miller que casi me quema la pantalla del móvil.

***

Hoy me ha escrito:

—Jesús, enhorabuena por la publicación de tu libro. La portada es una pasada. Carli es bellísima, pero me hubiera gustado haber sido yo la modelo de esa foto.

***

Notas del Capítulo 43

1. Lilit aparece en el capítulo 3 de "*Hèrnies de Ciutat Vella*". 2022.

2. Siglas de *Sport Utility Vehicle*. Vehículo utilitario deportivo, lo que sueles llamar un "carrazo".

3. Serie de televisión de los ochenta protagonizada por Tom Selleck.

4. Marca o línea de ropa de GUESS.

5. Mi BMW K75 del 89.

6. Fue el primer título que le puse al capítulo. A posteriori lo cambié por coherencia con el libro y la serie "Todas las amantes..."

7. Promedio. En la media. Del montón.

8. Atadura de pierna flexionada.

9. La peli póstuma de Kubrick, con escena de orgía con gente guapa en mansión lujosa.

52. TANYA

Es 27 de agosto de 2018 y estoy quedando para mañana con Marie (Cap. 37). Tanya, una bielorrusa del 72, me escribe por primera vez después de que hayamos hecho *match* en Tinder. Que si quiero quedar con ella mañana para enseñarle la ciudad o tomarme algo con ella y sus amigas. Le digo que mañana no va a ser posible, pero que podemos vernos otro día.

—En dos días me vuelvo a Minsk —dice.

Y me pasa su número de teléfono. Y no quedo con ella, claro. Marie tiene demasiada buena pinta y yo no voy a estar como para enseñar la ciudad.

***

—Se va a hacer casi tres mil kilómetros para verme.

—Tiene sentido, pero no desaparezcas los tres días, porfa —dice Gemma.

Conduzco visualizando todo lo que planeo hacer este finde. A las 13.30 he llegado a El Prat. Hoy es 3 de abril de 2019 y el aeropuerto de Barcelona es un sitio agradable. Quizás el único sitio en el mundo donde puedes disfrutar de una escultura de Botero mientras esperas que aterrice el avión de Ryanair que trae a Tanya desde Vilnius. Viene sola, a que le enseñe la ciudad y a que le meta de todo menos miedo. Ese es el trato.

He estado picando piedra más de siete meses hasta convencerla. Ella ha puesto de su parte, especialmente con algunas fotos. Ya saben, los hombres somos muy visuales y bla, bla, bla. Toda esa psicología barata que seguro se saben. Fotos, digo: bebiendo Aperol Spritz con unas amigas en una terraza, haciendo crossfit en el *Goldie's Gym,* vestida para salir con un vestido corto; en lencería elegante, en lencería guarrona, en lencería *casual...*

Cosas así.

Mi ofensiva final incluyó un "yo corro con todos los gastos de tu estancia aquí. Solo vas a gastarte el billete de avión" y algo así como "te voy a dar la de tu vida". La verdad, no me acuerdo cómo le dije en inglés eso de "te voy a dar la de tu vida", pero en cualquier caso nuestra bielorrusa lo entendió bien.

Llamo a mi prima Vicky (Cap. 30) para contarle en lo que estoy. Siempre le cuento todo a la prima.

—Oye, primo —dice—. Anula las siguientes noches de hotel. Me voy a casa de Souley y te dejo mi apartamento.

—¿Estás segura?

—Escucha primo. Nada me gustaría más que te hartaras de follar en mi casa. Aunque no sea conmigo —y se ríe—. Para eso estamos la familia.

Antes de que salga les advierto que nuestras conversaciones van a ser en inglés y yo se las voy a traducir. A mi manera. Ahora sí. Llega hasta mí arrastrando una *trolley*. Camiseta de tirantes negra y minifalda tejana; y zapatillas Adidas Stan Smith. La recojo con un abrazo y un par de besos. El primero es un pico un poco húmedo. El segundo ya como de película romántica. Dice algo así como "pomada" y me corto de meterle la mano por debajo de la falda. Y me maldigo por ello.

Llegamos al apartamento que he alquilado en Castelldefels y hago lo que puedo para llevármela hasta el dormitorio. Cuando no has tenido una conversación fluida y significativa sobre los gustos, necesidades y expectativas sobre el sexo nunca sabes muy bien qué hacer. De hecho, cuando la has tenido, cuando has tenido esa conversación fluida y significativa sobre los gustos, necesidades y expectativas sobre el sexo tampoco sabes muy bien qué hacer. Es normal. Y es fácil encontrar la tecla: sé tú mismo y folla como si el mundo acabara en un rato. Sé tú mismo a no ser que puedas ser Batman, claro. En ese caso, sé Batman. Sé tú mismo a no ser que seas un tremendo cretino. En tal caso mejor que seas cualquier otra persona. Pero vaya, el polvo *Armageddon* es una buena estrategia cortoplacista, creo yo. Bueno, lo creo y lo hago. Y aún con todo, aunque el mundo se vaya a acabar, o quizás y precisamente por eso, vale la pena irse de aquí a lo grande. Dándolo todo a cambio de nada. Y la paradoja es que el karma te lo devuelve a base de bien. No. No creo en el karma, pero actúo como si creyera. Y, además, por lo general, al día siguiente vuelve a salir el sol.

Tanya piensa igual que yo. No lo hemos hablado, pero a tenor de cómo me la come, indiferente a que yo ponga a grabar el móvil sobre la mesa, a medio metro de distancia de su cabeza, pues eso, que se mueran los feos. Tanya absorbe tanto que cuando se la saco suena como si descorcharas un espumoso. No hay nada como el amor para mandar al carajo la barrera idiomática. Y me la llevo a la cama. Echamos dos polvos bastante intensos pero muy *mainstream*, nos abrazamos y besamos y la dejo a solas. Le he dicho a Gemma que volvería a casa esta noche. Mañana sí que dormiré con mi eslava.

—¿Qué tal con la rusa? —Pregunta Gemma.

—Bielorrusa. Bien. Es un pedazo de jaca.

—Siempre tienes suerte con tus conquistas.

—¿Te quedan fuerzas y ganas para mí?

—Vamos a ver.

***

Jueves, 4 de abril de 2019.

Me despierto a las siete y media. Hacía semanas que no dormía tanto. Ocho horas del tirón. Desde la última cita con Judit (Cap. 43) hace catorce días. Aquel día también trabajé y por la noche Gemma reclamó lo suyo. Doy a la Lola su paseo matinal, me pongo un café con leche en una taza grande, beso a mi mujer y pongo rumbo a Castelldefels. Casi no he salido de Mataró y recibo una foto de Tanya. Es una foto del reflejo del vidrio de la puerta corredera que da a la terraza. Está en bragas y sujetador. Y está buenísima.

Llego al apartamento y nos ponemos a "jugar a los médicos". He entrecomillado para que pillen la indirecta. Me dice que nunca lo ha hecho por el culo. No lo intento. Trataremos ese tema con la delicadeza y obsesión que se merece. De momento le gusta todo lo que hacemos. Me lo dice en inglés.

—I like it, I like it, very much.

—Say it in belarusian![1]

—Мне вельмі падабаецца.

Tiene un torso de venus griega. De un tipo particular de venus, cierto. De una venus un poco recta de cintura, pero con esas proporciones (cabeza y tetas menudas) que hacen que el cuerpo, grande de por sí, parezca más grande aún. Y mi eslava está más fuerte que el vinagre. Cuesta mantenerla quieta sin morderle la nuca. Traga lo que tiene en la boca, se relame y dice "Dziakuj[2]" y se ríe.

Le digo que recoja todas sus cosas, que nos vamos. Tenemos un programa que cumplir. Dice que le gusta mi "energía". Casi mejor, supongo. Llegamos a Vilanova i la Geltrú casi a medio día. Me dan las llaves de casa de Vicky en el bar de la esquina, nos acomodamos mínimamente en su apartamento y salimos para Barcelona. Aparco el coche en la reserva policial de comisaría y comemos en el Antic Cafè Espanyol; en el 64 de la avinguda del Paral·lel. Es un restaurante de toda la vida que reformaron hace poco. Es moderno y limpio, con una carta y servicio impecable. Y barato. Es un sitio frecuentado por policías, así que hay un montón de agentes que me saludan y se miran a la bielorrusa. Con cero disimulo, además. Aceptamos la copa de cava de bienvenida y pedimos un menú. Tanya descubre el tinto con gaseosa y le chifla. Pido una copa para ella y que retiren su cola *light*. Ensalada de la casa y solomillo con verduras para mí y mejillones y paella para ella. Tiramisú y coulant de postres. Esa. Esa cara de felicidad que tiene ahora es la que quiero ver cuando follemos. Si el azul de sus ojos fuera un poco menos intenso seguiría siendo muy intenso. Caminamos hasta Santa María del Mar y hago que se siente en el último banco y que disfrute de la atmósfera de mi lugar preferido de Barcelona. Visitamos la ruinas de la Barcelona de 1714 en el Born, le hago fotos junto a "Carmela", la escultura de Jaume Plensa, y visitamos el Palau de la Música. Nos hacemos una foto besándonos delante del mural "El mundo nace en cada beso" de Joan Fonctuberta. Y me complico la vida intentando traducir al inglés la cita de Oliver Wendell Holmes: "El ruido de un beso no es tan ensordecedor como el de un cañón, pero su eco es más duradero". Entramos en la Casa de l'Ardiaca. Tanya deja que el agua de la fuente del patio interior bañe sus manos un buen rato. Es media tarde ya y tenemos una cita con el crepúsculo. Sí, me estoy poniendo poeta-tontorrón. Llevo a Tanya al *Parc del Laberint*. Es el jardín más antiguo de la ciudad y evoca el laberinto que proyectó Dédalo para encerrar al minotauro. Allí te puedes perder paseando, reencontrarte a base de besos, dejar que te sorprenda la puesta de sol, y volver a casa. A casa de tu prima Vicky, quiero decir. La cama de la prima es muy cómoda. Muy estable y con un colchón excelente. Casi no hace ruido. Tanya hace poco ruido también. No pega supergemidos. Son más jadeos un poco sordos. Le unto el ano de lubricante y le introduzco un plug. Se deja hacer. El plug ha entrado. Despacio, pero ha entrado hasta el fondo. Y es el de tamaño grande. Mi bielorrusa tiene un coño estrechito, muy mullido y muy bien lubricado. Muy acogedor. El plug me presiona y masajea el dorso de la polla. La tengo a cuatro patas, sí. Tiene una espalda musculosa y un culo muy bonito. Cero estrías o celulitis. Y esa consistencia que invita a dar nalgadas. Se pone a caballo mirando hacia mí y en diez segundos se corre y se deja caer sobre mi pecho.

Vuelve del lavabo con el camisón fucsia. La arrodillo ante mí y empieza una mamada a velocidad crucero. Yo para esto soy muy simple. Me gusta que me la coja por la base con una mano, que se meta todo lo que sobra en la boca, que absorba para crear vacío, que me coja los huevos con la otra mano. Y que no pare de cabecear gimiendo hasta que me corra en tu boca y se lo trague todo. Es un algoritmo más sencillo que atarse los cordones de los zapatos. Y como tu lista de mandamientos favorita, esta también se puede resumir: "si ella lo disfruta yo lo voy a gozar a lo grande". La chica me hace los honores. Mira mi polla y dice algo en eslavo. Algo que suena a "takoticrashi".

—¿Qué significa?

—Es tan bonita... —contesta.

—¿Te gusta?

—Es perfecta.

Lo está disfrutando. Relame, chupa y rechupa. Mira a la cámara y sonríe. Ya te dije que sus ojos son de un azul muy intenso. Sus uñas de un rojo muy intenso, también. Es la mamada con filtro de Polaroid. Le cojo del pelo y le llevo el ritmo para no eternizarnos. Diría que me corrí en su boca y se lo tragó todo pero si te fijas bien en el vídeo la tipa deja escapar la leche poco a poco. Ahí, en ese fotograma.

—¿Tiene buen sabor?

—Sí.

No he seguido con el "¿Y por qué no te la tragas?". Si no le pillas el truco en el momento a la prestidigitadora simplemente ponte de pie y aplaude.

***

Viernes, 5 de abril de 2019.

Es muy pronto. Poco más de las siete de la mañana. Queremos dar un paseo por la playa de Vilanova y volver al mediodía para hacer el vermut.

Se viste con una camisa muy bonita. Blanca, con rayas verticales grises. Antes de salir le pido una cosilla. Replte la magnífica actuación de ayer noche, pero esta vez, cuando me voy a correr se la saco de la boca.

—Abre. Abre la boca.

Y le echo todo dentro. Bueno, un par de goterones

quedan en el labio superior, pero ella sabe qué hacer. Los recoge con un dedo, se los mete en la boca y se lo traga todo. No me digan que no es lista. Si todos aprendiéramos tan rápido y de manera tan intuitiva el mundo iría mucho mejor.

—¿Vamos a la playa?

—Da —dice.

Es un "sí" un poco extraño. Un poco "tío, te acabo de comer la polla, estoy caliente, y ahora que te has llevado lo tuyo me dejas así y nos vamos a dar un paseo por la playa". Y es normal y está bien que piense eso. A ver si mis planes salen bien...

Damos un buen paseo y la llevo hasta la escultura "Pasífae", en el espigón. Le explico el significado de la escultura.

—Pasífae se enamoró de un toro blanco. Dédalo construyó una vaca de madera hueca. Pasífae se ocultó dentro y el toro se la folló y la preñó del minotauro.
Me pide que le haga fotos. El mar está bravo y no hay gente a estas horas. La subo al interior de la panza de la vaca. Le levanto la falda, le quito las bragas y le como el coño allí. Se corre abrazada a la Pasífae espatarrada. Se han acercado un par de caminantes pero no han molestado. Se nota que por aquí la gente es educada. A las doce tomamos vermut con olivas en la Rambla Principal. Dice que le gustan las tradiciones catalanas. No sé si eso incluye que le comamos el coño a las guiris en el paseo marítimo. Estoy orgulloso de nuestro pequeño país.

También se ha aficionado a tomar el sol desnuda en la terraza de Vicky mientras le preparo la comida. Yo me hago una pequeña siesta y ella hace otras cosas que tienen que ver con "la nada". Y a mí no me parece bien, me parece lo siguiente.

De camino a Barcelona se duerme con la cabeza apoyada en mi hombro. Es su particular siesta. Tenemos *tickets* para la Sagrada Familia. Entramos a las siete de la tarde. Nos pasamos una hora ahí alucinando. Volvemos a casa y se vuelve a dormir en el coche. Así que es casi medianoche y la tipa está despierta y hambrienta. Se está haciendo unos huevos revueltos vestida con el camisón fucsia y unos botines negros. Le digo que se levante el camisón y me enseñe el culo. Me gusta lo que veo. Por otro lado empiezo a estar un poco saturado de follar.

***

Sábado 6 de abril de 2019.

Son las tres de la mañana, así que de todas-todas ya es sábado. Y basta que digas que no quieres caldo para que te den dos tazas. Y basta que digas "empiezo a estar un poco saturado de follar" para que... Es igual. Te lo explico. Está tumbada boca abajo. Estamos en un polvo de perfil bajo pero le meto el pulgar en el culo y eso lo cambia todo. Diría que no la intensidad o la rapidez. Es algo que tiene que ver con la emoción. Noto como su ano se abre. Aún con todo tiro lubricante. Mi chica está excitada y nada nerviosa. Me cojo la base de la polla con la mano y mi pulgar penetra en su culo, solidario con mi polla que está en su coño, que se ha dilatado mucho.

—¿Está tu polla en mi culo? —susurra en voz alta.

— No. Es mi mano. Pero ahora lo intento.

Y sin prisa ni atropello, con suavidad, con mucho *flow*, sustituyo el pulgar por la polla. Entra muy bien hasta la mitad. Mi cosita es cónica. Para unos desempeños va bien, para otros regular y para los menos necesitas un poco de paciencia. Bueno... treinta segundos. Bajo un punto la erección y hasta dentro. Ahí lo tienes.

—¿Duele?

—Un poco.

—¿Crees que puedes aguantar?

No dice nada. Piensa. Se debate. Y yo ahí, sufriendo por una buena causa. No hay ningún rechazo por su parte. Ningún miedo. Nada de la palma de su mano contra mi cadera para evitar que empuje ni obligarme a salir.

Dos minutos de autocontrol y la cosa funciona bastante bien ya. No hay que volverse loco empujando. Llámame cretino si quieres, pero me enorgullece inaugurar este culo. Estoy convencido que no hay tanta gente que esté haciendo una aportación tan significativa a la humanidad en este mismo momento.

—Tócate.

Le levanto el culo y se apoya sobre las rodillas y el pecho. En esa posición ella puede controlar mucho más el ángulo de entrada bajando o subiendo el culo y tiene una "vía de escape" rápida y fácil hacia adelante. Todo eso se traduce en mayor confianza. Y se nota, claro. Voy incrementando la velocidad. Poco a poco. Con talento. No hago todo el recorrido. Meto solo hasta medio tronco.

—¿Te gusta? —pregunto.

—Sí. Me gusta. Me gusta mucho.

—*Nice*[3]. ¿Es tu primera vez?

—Sí, mi primera vez.

—¿Puedo acabar en tu culo?

—Sí.

Ahora ya entra del todo. Aumento la velocidad y los huevos le golpean el coño. Gime como no la había escuchado antes. Estoy a punto. Me agarro a sus caderas y le doy como si fuera una veterana. Grita de una manera que no son apropiadas para estas horas de la noche, la muy desconsiderada. Se corre y yo también. Un desfase de cinco segundos hemos tenido.

—¡Menudo bautizo, nena! —Parece decirse con orgullo.

Nuestra turista sexual quiere aprender algo en nuestro idioma, así que hacemos una pequeña clase particular.

Me pregunta cómo se dice "Encantada de conocerte, Sr.

Bordas".

—¡Qué bien follas, tito Bordas!

Eso le digo. Y se lo aprende. ¡Lo que me he llegado a reir! Y me duermo. Como se muere uno en Matrix si te desenchufan el jack del cerebro cuando no toca.

*

Hago café con leche vegetal y tostadas con margarina, aceite de oliva y mermeladas.

—¿Cómo está tu culo?

—Muy bien.

—¿Sí?

—Sí. Contento.

Tanya toma el sol en la terraza. Hago varios viajes al coche para traer la escayola y todo lo demás que necesito para hacerle un molde. No es que siempre lleve el maletero cargado de material y herramientas de escultura. Es que me lo veía venir. Que íbamos a tener buen rollo y que me iba a apetecer sacar una réplica de su cuerpo. Tapo la mitad del comedor con plástico, tumbo a mi rusalka[4] en el sofá, se pone unos auriculares con su música favorita, le unto el cuerpo con aceite de oliva y se queda durmiendo. Se despierta cuando le vierto la primera escayola. Fría, desconocida para ella. Un momento, y vuelve a cerrar los ojos. Le he dicho que lo único que tiene que hacer es estar quieta y sigue mis instrucciones a la perfección. El molde sale bastante entero.

Preparo unos espaguetis a la Carbonara. Para beber Tanya quiere sí o sí vino tinto con gaseosa. Comemos y me hago una siesta. Me despierta la boca de la bielorrusa. Hacemos el amor a cámara lenta. Como necesita mucha estimulación en su botoncito del placer, organizo una "tijerita" de lado. Me centro solo en la presión de mi abductor sobre su vulva y dejo lo demás a su criterio. Cuando acaba y se queda relajada me la sacudo un minuto y le dibujo la Vía Láctea en el torso

A las siete hemos quedado con Vicky y Souley en una cafetería de la Rambla Principal. Merendamos entre muchas risas. Jugando a aprender frases picantes en los diferentes idiomas que hay en la mesa. Souley se mira a mi cremosa novia.

—Te la follarías ahora mismo —le digo.

Y contesta que no. Suelta un discurso increíble que ya le he oído otras veces. Que después de haberse follado a trescientas mujeres ya solo le interesa Vicky. Mi prima se descojona lo más.

Damos un paseo y volvemos a casa. Tanya me pide que repitamos lo de ayer. Para ser justos, no es "lo de ayer". Es lo de hoy mismo hace dieciocho horas. Las innovaciones del último polvo pasan por que me la agarre y se la meta ella misma, se abra los cachetes con las manos y durante un buen rato lleve ella el control. Que sea ella quien se mueva. En realidad la cama de Vicky sí que hace ruido. Ha ido haciendo cada vez más ruido.

*

A las cuatro de la mañana empiezo a bajar las cosas al coche. Todavía no han puesto las calles. El avión de Tanya despega a las seis. Antes que el sol. Quiero que se vaya con un buen sabor de boca. Es probable que de esta no salga. Que se me caiga la picha a trozos, pero el partido se acaba cuando el árbitro pita el final. Y aquí hemos venido a jugar. De camino al aeropuerto le invito a que me la chupe. Mientras conduzco, sí. Soy un clásico.

*

Me paso gran parte del domingo durmiendo. Creo que tengo algo de fiebre.

***

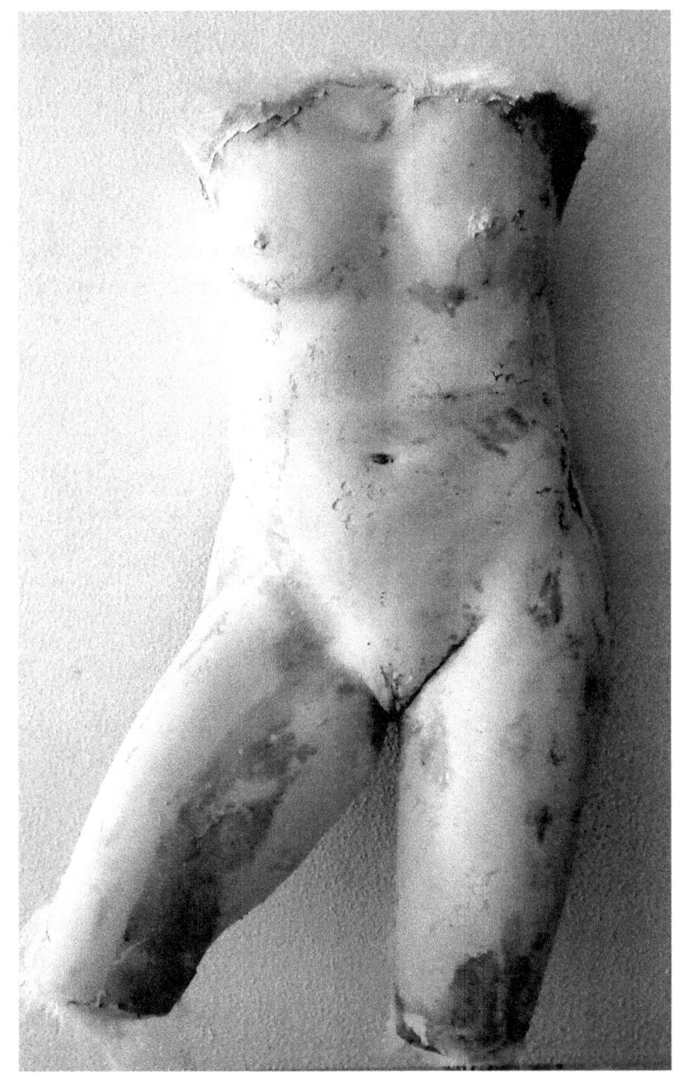

Notas del Capítulo 52

1. "Dilo en bielorruso".

2. "Gracias".

3. Bonito.

4. Personaje femenino sobrenatural de la tradición oral
de los pueblos eslavos orientales. Una especie de ninfa
que podía gastar mucha mala leche.

63. UHLA

Me dice que le parece interesante mi perfil. Le digo que si quiere podemos tomar algo. Es el 30 de mayo de 2019 y desgraciadamente Agnes, la amiga que le acompaña en este viaje, se encuentra mal y Uhla no va a dejarla sola. Dice también que volverá a Barcelona y nos podremos conocer.

Ya saben a qué suena eso de "volveré a Barcelona". Exacto. A palabras que se las lleva el viento. Por si acaso le digo que si viene a verme, prometo haberla follado antes de la media noche.

Quedo con Selena (Cap. 59), varias veces con Mimolette (Cap. 40), con Carmen (Cap. 61) y con Lourdes (Cap. 62). Y recibo noticias de Uhla:

—El miércoles viajo a Barcelona. Me encantará verte.

—¿Este miércoles?

—En cuatro días. Sí.

Joder. Mañana he quedado con Sílvia (Cap. 51), el martes con Nina (Cap. 55) y el miércoles tengo una cita con Bel (Cap. 60).

—¿Cuántos días vas a estar en Barcelona?

—Solo el miércoles. Llego a media tarde y el jueves por la mañana vuelvo a Ginebra.

—¿Me estás diciendo que vienes desde Ginebra para

estar unas horas conmigo y después te vas? ¿Que solo vienes a eso?

—Exacto. Y me gustaría que pudieras pasar la noche conmigo.

Escribo a Bel y dice que no le importa posponer nuestra segunda cita. Que se adapta. Genial.

***

—Compi, en algún momento de la tarde necesitaré ir a la Plaça del Pi —digo.

—Vamos ahora —contesta.

Dejamos el coche en la plaza de Sant Josep Oriol, junto a Santa María del Pi, y caminamos hasta la Passamaneria Soler, en la plaza del Pi número 2. Es una tienda preciosa, centenaria, especializada en pasamanería decorativa. Compro dos metros de un cordón dorado precioso. Salimos de la tienda y unos gritos nos hacen correr hacia la calle de la Palla. Una señora, desde el suelo, señala a un joven que corre en dirección a la Catedral. Sin haberlo visto sabemos qué ha pasado. La persecución del ladrón dura casi tres minutos. Es una burrada, corriendo a lo máximo que da tu cuerpo, arrastrando nueve kilos de peso extra e intentando no llevarte por delante a ningún ciudadano. Mi compañero lo tiene casi al alcance y yo los sigo a unos veinte metros de distancia porque me he parado dos segundos a coger el bolso de la señora. El chorizo, al ver que lo perseguíamos, lo ha tirado entre dos motos cuando ha girado la esquina en Capellans. Creo que mi compi ni se ha dado cuenta. Y yo mismo lo he visto de casualidad. También voy por detrás porque me he asegurado de que alguien se quedara con la señora María, de setenta y dos años, hasta que llegue la patrulla que está en camino y que ha respondido a la llamada de "colaboración" que he pedido. También voy más lento porque voy radiando el itinerario de la carrera para que los tres equipos que vienen sepan a dónde tienen que ir. Sí, también voy más lento porque soy el más viejo.

Al girar hacia Sagristans ya hay dos patrullas cerrando la calle desde la Vía Laietana. Cuatro polis en moto. El malo los ve y se rinde. Se queda parado con las manos por delante. Y mi compi le hace un placaje de rugby. De rugby europeo. Y yo llego detrás y me tiro encima también. Y lo que tengo que hacer es sujetar a mi binomio. El otro le ha dicho "policía racista" y mi compi le dice en árabe que la gente es racista por ratas como él. Y hace un amago de darle un bofetón más que merecido y yo lo paro.

Mientras esperamos en el Área de Custodia de Detenidos resolvemos el tema.

—Lo siento, compi. Me he vuelto loco. Lo hubiera hostiado. Discúlpame.

—Tranqui. Yo también lo hubiera hostiado.

—Pero tú tienes más autocontrol —dice.

—No te creas. Yo tengo una cita esta noche y no quiero liarme más de la cuenta en el curro dando explicaciones hasta a las piedras.

—¿Un polvo?

—Una historia de amor.

Y se ríe, el incrédulo. Le enseño la última foto de Uhla. Me la mandó ayer. Un desnudo frontal. Es delgada, estilizada, con unas tetas pequeñas perfectas y un mensaje perfecto:

—Esto te espera mañana. Un metro ochenta de pasión.

Logro salir a mi hora y en quince minutos estoy en el hotel de la suiza. Bueno, en realidad Uhla es peruana, pero vive en Suiza y parece poco peruana. Eso de metro ochenta de altura... ya saben. En cualquier caso parece tener lo mejor de los dos mundos. En la mochila llevo hielo, una botella de cava y mis cuerdas. Abre la puerta, nos besamos y ambos sabemos que esto va a salir bien.

Hace dos minutos que he llegado. Uhla está boca abajo sobre las rodillas y el pecho. Tiene los ojos vendados con la funda de una almohada, las manos esposadas a la espalda, un plug metido en el culo y a mí en el coño. Le pregunto si le gusta y contesta con una carcajada y un largo "sí". Le saco el plug, echo un poco de lubricante y, bueno... que alguien llame al *Guinness World Records*.

Se me resbalan las manos de sus caderas con el puto lubricante. Cojo la sábana y se la anudo en la cintura y me agarro a ella para cumplir una profecía. Faltan tres minutos para las doce y me corro como un caballo percherón.

Le quito las esposas. Tiene el culo rojo de palmadas y varias marcas de bocados intensos. En el culo, y también en la espalda. No recuerdo haber hecho eso. Soy un puto animal. Soy el puto Henry Jekyll despertando de no saber qué ni dónde.

Abro el cava. Ella ha comprado, además, vino, una tabla de queso, embutidos y uvas. Brindamos por lo bien que está saliendo todo.

—Eres un hombre de palabra.

—¿Por qué dices eso?

—Prometiste follarme antes de la media noche.

—Soy un hombre de palabra y tú una cachonda.

No le obligo a que se quite las pulseras de oro de su muñeca izquierda. No soy un *rigger* fundamentalista. De hecho, el único tipo de *rigger* que soy es uno con poca experiencia. Dos meses llevo con el shibari. Y se nota. Por otro lado, entiendo de anatomía y de estética y se me da bien "leer" a las mujeres. Y se nota. Le vendo de nuevo los ojos con la funda de una almohada y se la aseguro con el cordón dorado. Le ato cada pierna sobre sí misma y ligo ambas ataduras por encima de las lumbares. Y en el punto medio uno la soga que ata sus muñecas. No es una atadura comprometedora. Debe ser así porque está orientada a un buen rato de sexo y porque con estas movidas soy más precavido que audaz. Esa cuerda que une la espalda con las piernas es un agarradero fantástico. Estiro con fuerza desde la parte superior y a Uhla se le levanta el torso. Queda apoyada solo en las rodillas, como un caballo encabritado. Suelto y su pecho aterriza en el colchón. Tiro de la parte inferior y controlo el culo y un movimiento muy particular de la pelvis. En su espalda se dibuja toda la musculatura bajo la piel. Y es una piel muy bonita. Con infinidad de lunares e hiperpigmentación. Es como de camuflaje. Esta señora se viste con blusa blanca y americana negra para gestionar fortunas en un banco privado suizo y cuando se quita esa ropa es un animal no catalogado. Una mezcla entre humana de clase alta y hembra de jaguar.

Cuando acaba con su tercer orgasmo la dejo recostada. Diez segundos. Que recupere el aliento, que baje un poco las pulsaciones y que me la chupe con agradecimiento.

La desato y se queda en esa dulce derrota que a todos nos encanta sentir y observar. OK, quizás no a todos, pero entonces estás leyendo el libro equivocado.

—No te muevas.

Le hago unas fotos fantásticas que voy a utilizar para pintar un retrato.

A las siete de la mañana suena el despertador. Creo que hemos dormido un par de horas. A las diez sale su avión para Ginebra. Se viste como la ejecutiva elegante y sofisticada que es. Antes de salir me pido una mamada de despedida. Soy así, qué quieren que les diga. Si hoy me atropella un tranvía quiero darle una autopsia sugerente a mi forense. Me da una alegría extra cuando se traga hasta la última gota. Tiene unos bonitos ojos color tabaco. Muy brillantes.

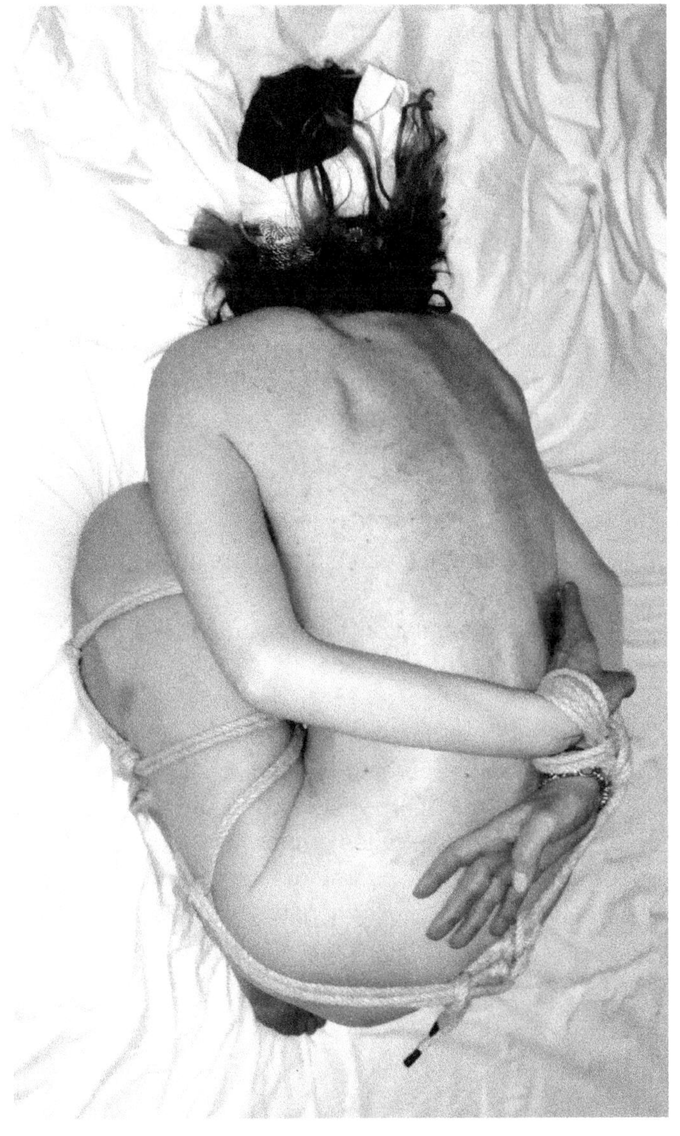

Tomamos café con leche y croissants.

—¿Tienes algún *hobby*? ¿Coleccionas algo?

—No es que haga una colección. Conscientemente no, pero creo que se podría decir que tengo una colección de ropa interior de lujo y otra de vinos muy exclusivos.

—Ah. ¿Pero guardas todo eso con la idea de...

—Puedes romper todas mis bragas de lujo y beberte todo mi vino exclusivo.

Pide un taxi, nos besamos y se va. El sol todavía no quema y del mar sube una brisa muy agradable. Hace una mañana preciosa. Como de día después del fin de una guerra.

Me voy a comisaría. Caminando, grogui. Subo al vestuario. Me tumbo en un banco y me quedo frito.

—Despierta, compi, faltan cinco minutos para las tres —dice una voz que no identifico.

Llego a la sala de briefing y todos los compañeros me reciben coreando enormes ronquidos. Al parecer se me oía desde fuera del vestuario. También veo que empiezan a correr entre los grupos de Whatsapp vídeos en los que se me ve aparentemente muerto boca arriba y roncando como si de mi garganta quisiera salir un monstruo. Están todos y todas descojonados. Hoy toca asumir[1].

***

Casi a diario recibo desnudos de Uhla. Es algo que me encanta. Y ella ha aprendido rápido a tenerme contento. En la cama, ante el espejo de su dormitorio, en el vestuario del gimnasio, en su oficina, en el lavabo de un banco, en un hotel, en barca navegando por el Lac Léman, bañándose en el lago, escogiendo lencería, etc.

***

Uhla y André han alquilado una casa muy bonita con un pequeño patio interior en el que crece un árbol. Llego cargado con mi mochila de contingencias y un lienzo enrollado. Beso a mi suiza y me presenta a su mejor amigo. André me mira con cara amable. Su amiga le ha hablado bien de mí y él admira mi arte. Les enseño el retrato de Uhla y les fascina. André me pide algunas indicaciones de sitios que ver en Barcelona, se las doy, se va y la tipa alta esta y yo nos dedicamos a discutir sobre economía.

Es broma. Ya saben a qué nos dedicamos.

Abrimos una botella de vino y nos ponemos al día. Ahora sí. Ella quiere cambiar de empresa y le encantaría tenerme de amante en Barcelona.

—No. No está lejos. Es una hora en avión, jefe. Dos horas en total. Y más barato que salir a cenar en Ginebra. Yo puedo venir una o dos veces al mes y tú estás invitado a mi casa siempre.

93

Para el segundo asalto nos vamos a su habitación. Le pongo el culo fino a tortazos y a mordiscos. Muy rojo, como a brochazos. *Composición en piel y hematoma #1*. Soy el nuevo Jackson Pollock. Nos encanta eso. Los tortazos y mordiscos en el culo, el Arte Contemporáneo y beber buen vino. El *squirt* de hoy ha dejado una mancha circular del tamaño de una mesa para cuatro y a mí me ha apetecido correrme en su espalda.

—Son las dos. Me voy que no llego. Hasta la noche, amor.

—Ciao, jefe.

A media tarde me envía una foto de la sábana tendida en el patio. Hoy me toca atención al ciudadano y centralita. Sentado. Me va que ni pintado recuperar fuerzas y no gastar muchas energías. Espero que la fiesta nocturna no se alargue mucho, aunque solo pensar en eso me la está poniendo morcillona. De cara al público estoy, sí. Menudo panorama.

Aprovecho para hacer algunas gestiones.

Escribo a Gemma (Cap. 17). Le digo que la quiero y le pregunto qué tal le va. Con Mimolette (Cap. 40) hablamos de sus otros dos amantes. Ella nos llama "los tres mosqueteros", aunque sin especificar qué mosquetero somos cada uno.

Llama una señora de ochenta años porque no encuentra a su gato en casa.

—Le envío una patrulla, señora.

Quedo para la semana que viene con Lourdes (Cap. 62) para follar en su barco a la salida del sol. Sybaria (Cap. 68) propone quedar en su casa. Y también quiere atarme. Le digo que sí.

Un caballero quiere poner una denuncia. Lleva un año viajando por toda Europa huyendo de los hombres que le quieren robar y hacer daño.

—¿Qué le quieren robar?

—No lo sé. Yo no tengo nada, pero se creen que soy rico.

Eso parece, que el pobre hombre no tiene nada. Ni documentación. Ni identidad. Ni contacto con la realidad.

—Cambio mi nombre y apellidos cada mes para que no me puedan seguir pero me siguen encontrando. Tengo miedo.

No hay ficha policial de este Hans, Piero, Alexander o Lucas.

—Si quiere puedo pedir una ambulancia para que le lleve al hospital. Allí estará unos días bien. Escondido y protegido.

Dice que sí. Que por favor. Que gracias. Pido una ambulancia medicalizada para un ingreso, voluntario o no, en psiquiatría. Ana (Cap. 57) me pide que la cuelgue.

Una pareja de turistas alemanes dicen que les han

robado una mochila con el portátil, la documentación, y botes de medicación.

Esther (Cap. 69) acepta venir a casa a que la cuelgue, aunque ella lo que quiere es que la folle. Lo otro, "lo del shibari ese o como se llame", lo hace por mí.

—¿Qué medicación?

—Diazepam y Popper —dice él.

—¿Tienen receta de esas drogas?

—No.

—Ok, pasen a la sala de espera y ahora les atenderá un traductor de alemán para hacer la denuncia.

Bel (Cap. 60) dice "hola guapo", aunque lo que quiere decir es "¿cómo lo tienes para quedar un día de estos?".

Se me ha pasado el turno volando.

Uhla me dice que me esperan para salir a cenar. Que si conozco algún sitio de tapas que esté bien. Mi cabo de hoy me recomienda el Toca Teka, en la Calle Garcilaso.

—Tienen unas tapas excelentes. Yo a veces pillo allí unas raciones para comer en casa.

Adjudicado.

Hemos cenado muy bien. Todo muy rico. André ha pagado todo. Mis amigos saben que no tengo mucho dinero y que con un sueldo normalito suizo en Barcelona vives a lo grande. Y sobretodo, son gente muy generosa. Estoy contento de que hayan entrado en mi vida.

Nos dormimos con un polvo tranquilito. Terapeútico. Narcótico.

Cuando despertamos André ya se ha ido de paseo. Entre otras, ha quedado para tomar algo con un chico con el que contactó ayer. El amor flota en el aire.

Uhla hace café y té y pone en una bandeja queso y embutido. Con el pan de ayer hago unas tostadas con tomate, aceite de oliva y sal. Hago una tortilla francesa. Salgo al patio con mi café con leche y estudio el hermoso tilo. Debe tener unos treinta años y mide tres pisos de altura.

—Eres hiperactivo, wachito.

—¿Tú crees?

—Estás a tope de energía, eso está claro. Tu cabeza no para nunca ¿cierto?

—Pondré la caña de bambú apoyada en esa cornisa y en esta rama de aquí. Es una rama potente, pero quizás colgar de ella noventa kilos no sería muy prudente.

—Peso, sesenta kilos, jefe.

—Lo sé, pero siempre pruebo yo mismo los puntos de suspensión. Esa rama no sufrirá con cuarenta y cinco kilos. Y menos con treinta. Por eso voy a repartir el peso.

—Tú eres el *sensei*.

Dice eso apoyada contra el marco de la pared que da al comedor. Sonríe por encima de la taza de té que coge con las dos manos. Viste únicamente una bata de seda de estilo japonés y, aunque lleva ceñido el cinturón, el pseudokimono casi deja ver su coño. Es una invitación como la que te hacen las puertas semiabiertas de una gofrería.

Hace media hora no pensaba en follar pero uno tiene derecho a rectificar y ser mejor persona.

—¿Follar más te hace mejor persona?

—Sí.

—Eres muy gracioso, *wachito*.

Me cuelgo del triskel y la rama se queja y cimbrea un poco.

—Aguantará. Ven aquí.

Estrena un bikini precioso. Sujetador de triángulos granate y braga tipo slip anudada a ambos lados de la cadera con algunos detalles estampados en azul turquesa.

—Así, si quieres quitar las bragas cuando esté colgada no tendrás que romperlas —dice.

En realidad no tengo que romperlas. No tengo que nada. Las rompo porque me gusta romperlas. Y si me apetece hacerlo, por mucho que sea su bikini nuevo, lo haré. Sin un atisbo de duda. Sin despeinarme. Soy muy firme yo.

Ajusto la línea de vida al arnés que le abraza el pecho y le recoge las manos a la espalda. Tenso la cuerda y Uhla queda apoyada por la punta de los pies. Paso una cuerda por su muslo derecho y lo levanto hasta que queda horizontal y forma un ángulo recto con su cuerpo. La dejo unos minutos sobre la punta del pie izquierdo. Una leve brisa marina agita las hojas del tilo. Uhla tiembla un poco. Se marca la vena safena en el tobillo y el gemelo se define. Como si hiciera elevaciones de talones en el gimnasio. Es casi lo mismo. El temblor de la pierna sube en intensidad.

—Déjate caer —le susurro.

Queda suspendida. Vuelve a apoyar el pie en el suelo unos segundos y lo recoge de nuevo para quedar colgada por la espalda del arnés de pecho. Está cogiendo seguridad. Tomando un cierto control. Recojo su tobillo izquierdo y ato al triskel por encima de la línea de su espalda. Ahora tiene mucho menos margen de maniobra. Puede mover el cuerpo y las piernas y poco más. Puede acomodar algo la presión que nota en el pecho, eso sí. Le hago un cinturón de cuerdas en la cadera. Ato una cuerda doble al cinturón, la paso por la ingle derecha y la llevo hasta el triskel. Eso distribuye las fuerzas. Coloco dos puntos más de suspensión: en el tobillo derecho y en el muslo izquierdo. Uhla se mueve casi imperceptiblemente. Traslada el peso aquí o allí. Balanceo levemente el conjunto. El patio no da para que la pueda hacer girar, así que se queda en eso, en un balanceo acompañado del crujir de la rama. Le abro el sujetador del bikini y le dejo los pechos al aire. Son unas manzanitas muy bellas. Decido no romperle la braga. Libero los nudos y desarreglo la ropa. Estoy tendiendo a esa estética propia de la agresión sexual. Es solo una estética, no me arruguen el morro. Cojo su cabellera. Uhla tiene un pelo castaño muy hermoso, como de anuncio de keratina. Cojo una cuerda más, le hago una coleta y la uno al triskel. La cabeza le queda en la posición natural de alguien que está en ingravidez. Le acerco la polla a la boca. Corre una brisa marina que excita las hojas del tilo. Es muy agradable.

Han quedado unas marcas muy bonitas. Muy definidas. Las fotos también están chulas, aunque para subirlas a @eneropes[2] tengo curro de edición tapando pezones y polla. Estos de Instagram son mojigatillos. Pasamos el resto de la mañana bebiendo buen vino en el patio.

—¿Vendrás a visitarme a Ginebra?

—Claro.

—Lo pasaremos bien, wachito.

Hacemos una ensalada y butifarra. Dejamos un buen plato para André, para cuando vuelva; me hago una siesta de veinte minutos y me voy para comisaría.

Hoy toca patrullar por la Barceloneta. El *passeig Joan de Borbó* está lleno de gente paseando, comiendo o cenando. Hemos ido hasta el final del nuevo Rompeolas.

—Compi, ¿te importa que paremos unos minutos a fumar?

Es una pregunta retórica. Ella sabe muy bien que no me importa para mal y sí que me importa para bien. Así que paramos y Julia sale del coche. Se coloca la gorra haciendo pasar la coleta de pelo negro por el hueco posterior. Lleva las botas enceradas con betún, Los *chester*[3] están perfectamente planchados. Lleva el cinturón táctico un poco bajo, más cerca de la cadera que de la cintura. Eso hace que cuando camine la pistola, la defensa, las esposas y los guantes pongan de relevancia el contoneo de las caderas. El chaleco antibalas evita que se dibuje su anatomía atlética y femenina.

Lo evita, excepto si tienes una mirada Kalashnikov, una mirada especialmente entrenada y capaz de perforar ese chaleco, claro.

Se enciende el cigarrillo, cierra los ojos, aspira la primera bocanada y exhala el humo.

Acerca su oreja derecha a la clavícula para escuchar el mensaje de la emisora. No es para nosotros, pero aquí lo escuchamos todo.

"Acérquese al restaurante. Hay unos clientes que se niegan a pagar la cuenta".

De uno de los barcos llega una música conocida. Salgo del coche, me apoyo en la valla del paseo y me asomo al puerto. Es Joe Satriani tocando "Premonition", la obertura de su álbum de 2010 "Black Swans and Wormhole Wizards". Ahí está el puto Satriani, en la cubierta de un yate, tocando para gente guapa. Unas veinte personas guapas. Mi compi se ha venido a mi lado y sigue el ritmo de la música dándome palmadas en el hombro.

—Te has dormido, Bordas —dice.

—Joder, sí. ¿Mucho rato?

—No, me he acabado el piti ahora mismo. Han sido unos minutos.

—Joder. Lo siento.

—¿Noche movida? Es igual. No me lo cuentes. ¿Quieres que conduzca yo?

—No-no. Ya está.

Echo una mirada al muelle para confirmar que Joe Satriani no está allí y que ha sido un sueño. Pasamos el hotel Vela y paro el coche un momento ahí, en el extremo sur de la playa de *Sant Sebastià*. En la acera de la fachada del Desigual hay *skaters* en modo "la lesión no es un límite", un grupo practicando capoeira, otro haciendo acrobacias por parejas y otro de aspirantes a chicas-Martini[4] con faldita plisada, calcetines blancos con listas roja y azul y patines vintage. Tarareo la canción:

"Donde estés y a la hora que estés, un Martini te invita a vivir. Su brillante sabor tiene vida y color. Es Martini"

—¿Qué es esa mierda, Bordas?

—El lema era "un Martini invita a vivir". Me encantaría que mi novia me sirviera un Martini así.

—Así, ¿cómo?

—Sorteando el mundo en patines para venir a mí con una sonrisa.

—Pues pídeselo.

—Ya se lo he pedido.

—¿Y no lo hace?

Al otro lado, en la arena, al menos cincuenta cuerpos Danone[5] dan uso intensivo del Parc Esportiu, uno de esos gimnasios al aire libre donde ponerte a tope con la calistenia.

La playa, incluido el paseo marítimo, está llena de gente paseando, bañándose, tomando el sol o tomando copas.

Dos turistas rubias que le deben haber robado los bikinis a sus hermanas menores se plantan delante del coche:

—Agente, ¿pueden llevarnos?

—¿A dónde?

—Al cielo o al infierno, da igual.

—Sois dos y mi compañera es una mujer.

—Bueno, más diversión ¿No?

—Lo siento, no puede ser.

—Una lástima, agente. Gracias. Muchas gracias por servir y proteger —dice Ekaterina Chipovskaya, Karina Kurkova, Irina Guseva, o cualquier otra combinación de nombre y apellido ruso que se les ocurra. En todo caso la más rubia y borracha.

Sigo adelante. Mi compi me mira. Lo sé porque yo la miro a ella de reojo.

—No son turistas —dice.

—¿No?

—No.

—¿Qué son?

—Putas.

—Ah.

—Están a la caza de tipos ricos que se alojen en el Vela. Si abres el Tinder, lo ajustas entre 25 y 35 años y a menos de un kilómetro de distancia y te pones en el hotel verás todas las que buscan el amor de su vida a 3.500 km de Moscú.

—Joder, sí que entiendes de esto —digo.

Así pasamos la tarde, desvelando la verdad oculta tras el comportamiento aparentemente inexplicable de quienes se nos ponen a tiro. A las siete de la tarde entramos en comisaría para hacer nuestro descanso reglamentario. El compi de puerta me para.

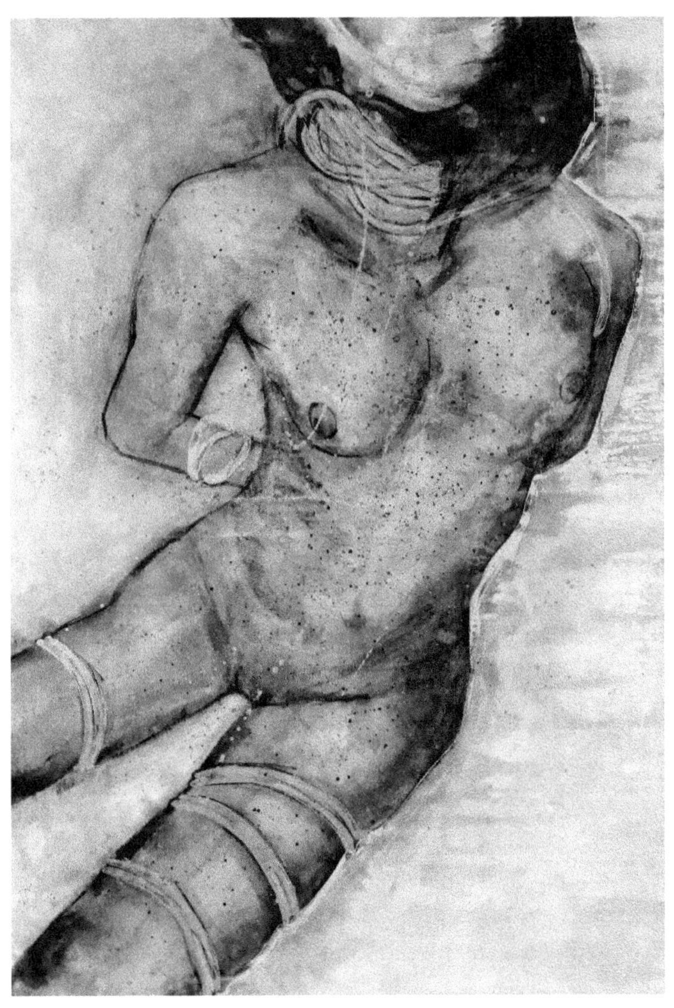

—Bordas, ha venido una pareja y me han dejado un paquete para ti. La chica ha dicho que se llama Uhla y ha preguntado por el tito Bordas.

Me temo lo peor. No me gustan los regalos. Me ponen de mala leche. Desde 2006 suelo decir, antes de que llegue mi cumpleaños, que no quiero regalos que me pueda comprar yo ni felaciones sin cariño.

Me da el paquete. Es una camisa Hackett London de lino en color coral. Es preciosa y es algo que nunca hubiera esperado ni me hubiera comprado yo. Y me encanta.

***

Uhla viene a Sitges a visitar a una familia amiga, así que nuestra tercera vez, el 28 de agosto de 2019, es en el *love hotel* Regàs. A estas alturas, a Uds., el sexo que tuvimos Uhla y yo ya les trae bastante sin cuidado. Sé que se interesan más por cómo la até como a una bestia salvaje en peligro de extinción a la que hay que cuidar y que le pinté en la espalda un haiku que quedó bastante bien.

"Grullas blancas bailan en la tierra y el cielo"

Más o menos eso pero en kanji, que mola un huevo.

Son ustedes unos morbosos sin remisión.

Este mini-capítulo-dentro-del-capítulo ya estaba acabado y más que bien acabado con eso de

106

"morbosos sin remisión", pero saben que peco de sentimental y que, precisamente por eso, porque ustedes son unos morbosos, yo no puedo dejar esto así. Joder qué frase más larga. No parece mía. Bueno, eso: de nada por la carnaza, fieras.

Sirvo el Ribera del Duero y brindamos por el reencuentro. Le pido que se descalce. lleva unas sandalias con pedrería de Jimmy Choo. Apoya el pie sobre el taburete de bolas metálicas doradas, desabrocha la correa tobillera y se quita el zapato. Y después el otro. Le retiro la copa. Empiezo a desnudarla. Por orden. De arriba a abajo. Desabrocho botón a botón. Descubro sus hombros y dejo que la camisa de lino blanco con rayas azul oscuro resbale por su espalda y caiga al suelo. El sujetador parece dibujado a bolígrafo sobre la piel. La falda, de algodón crepé, tiene un botón y una cremallera en el costado derecho. La desabrocho. Cojo a Uhla de una mano y estiro hacia mí para dejar atrás la ropa, sobre la moqueta.

La ropa interior es lo más delicado en ese tema que he visto en mi vida. Un tejido transparente sedoso. Si digo transparente no quiero decir translúcido. Quiero decir transparente. Y eso ya les da mucha información. Muchísima.

—El bordado se hace con unas máquinas muy precisas. No se puede hacer con las máquinas tradicionales ni a mano. Creo que el hilo es muy difícil de encontrar.

—Braga slip y sujetador de triángulo —digo.

—Como le gustan a mi jefe.

Lo de "jefe" lo dice por mí, no se crean. Este lugar y ahora es ese momento para creerse importante.

—Costó mucho dinero, pero solo eso, dinero.

También dice una de esas verdades como puños que ella ha convertido en uno de sus mantras: "el dinero viene y va".

Las flores que adornan el conjunto son un bordado tupido y preciso que imita un tatuaje lineal. No. No tengo cojones a romper esas bragas. Va, sí. No. O sea, sí, tengo cojones, pero no quiero. No es necesario. No aporta nada. Decido darle dos nalgadas del tipo "a mí me duele más que a ti" y le cruzo la cara.

—Eres una descarada.

Uhla me aguanta la mirada. Tiene esa expresión altiva y satisfecha de "ese es mi jefe".

Le quito la ropa interior con la delicadeza de una monja ante un joven soldado enemigo caído en nuestras líneas. Y con quemaduras de lanzallamas. Me pongo a su espalda. Recojo su cabellera. Le muerdo las cervicales. Suelta un "uh". Su cuerpo tiembla como si le hubieras disparado con una Taser en modo "flojito".

Quiero que esta escena la realice David Fincher. Por favor. Con ese plano de travelling imposible que empieza abajo, en la mano izquierda que le agarra la cadera, y en el que la cámara viaja hasta mi boca mordiéndole el cuello, la base del cráneo, el hueso occipital.Con esos planos cortos empalmados a sangre:

ta-ta-ta-ta-ta.

Tiro a Uhla sobre la cama. Boca abajo. Me abro paso a través de sus nalgas y la meto en algún sitio. Juraría que en el coño. Por suerte alcanzo a coger la mochila alargando el cuerpo y el brazo sin salirme de ahí donde esté. Le escribo el haiku con un *taker*. "*Taker*", así llaman los grafiteros a los rotuladores gordotes que utilizan para manchar con sus firmas o tags las paredes. En su casa no lo hacen, ya te lo digo yo. Y lo que yo sí que hago es escribir en la piel de Uhla ese haiku. Me sale bastante bien, considerando que su coño se dedica a llamar mi atención. Palpita como un tubo fluorescente que necesita ser cambiado. Ni caso. Yo a lo mío. Mantengo la erección en modo adolescente. Saco las cuerdas del fondo de la bolsa y voy restringiendo sus movimientos. Poco a poco. Cada vez más.

—No vas a correrte. Eres mi prisionera. Te uso a mi voluntad y para mi placer. Eres mi zorra.

Pero se corre, la muy indisciplinada.

—Ni te muevas.

Está arrodillada, sentada sobre sus pies, con las manos a ambos lados de la rodilla izquierda. Modifico toda la atadura para que quede fija en esa posición.

—¡Baja la cabeza!

La cojo como un fardo y la coloco encima del taburete vintage hecho de bolas metálicas doradas.

—Quédate ahí.

Le hago fotos y disfruto de la composición unos minutos.

Supongo que ya es suficiente. El taburete ese es una especie de tortura en esa posición, clavándote las bolas de acero en las espinillas. Seguro que debe estar sufriendo, y yo soy un buen tipo. La cojo en volandas. La dejo suavemente sobre la cama. La desato.

—¡Qué bien me lo he pasado, wachito! —dice, más contenta que unas pascuas.

La tengo tiesa todavía.

—Ponte a cuatro patas —ordeno.

La monto y le pego con la mano en el culo hasta el límite de mi dolor. Su nalga derecha parece que emita luz roja. Cojo el móvil e inicio la grabación de video en modo selfie. Le paso el terminal a Uhla.

—¿Qué quieres?

—Graba tú. Quiero verte la cara.

Y lo sujeta por delante suyo. Ve su cara en la pantalla y se sonríe de manera malévola. Pongo en marcha el algoritmo para clavársela en el culo. Tengo que estar concentrado en poner lubricante y meterla lentamente, jugando con diferentes ángulos hasta encontrar el más propicio y que ella se tire hacia mí. Y aunque estoy bien concentrado en eso, desvío de vez en cuando la mirada hacia mi móvil. Veo allí la cara de gozo de Uhla. Su cara de alegría. De esa sonrisa de cuando te ha ocurrido algo muy bueno y te cruzas con el mundo sin querer dar una

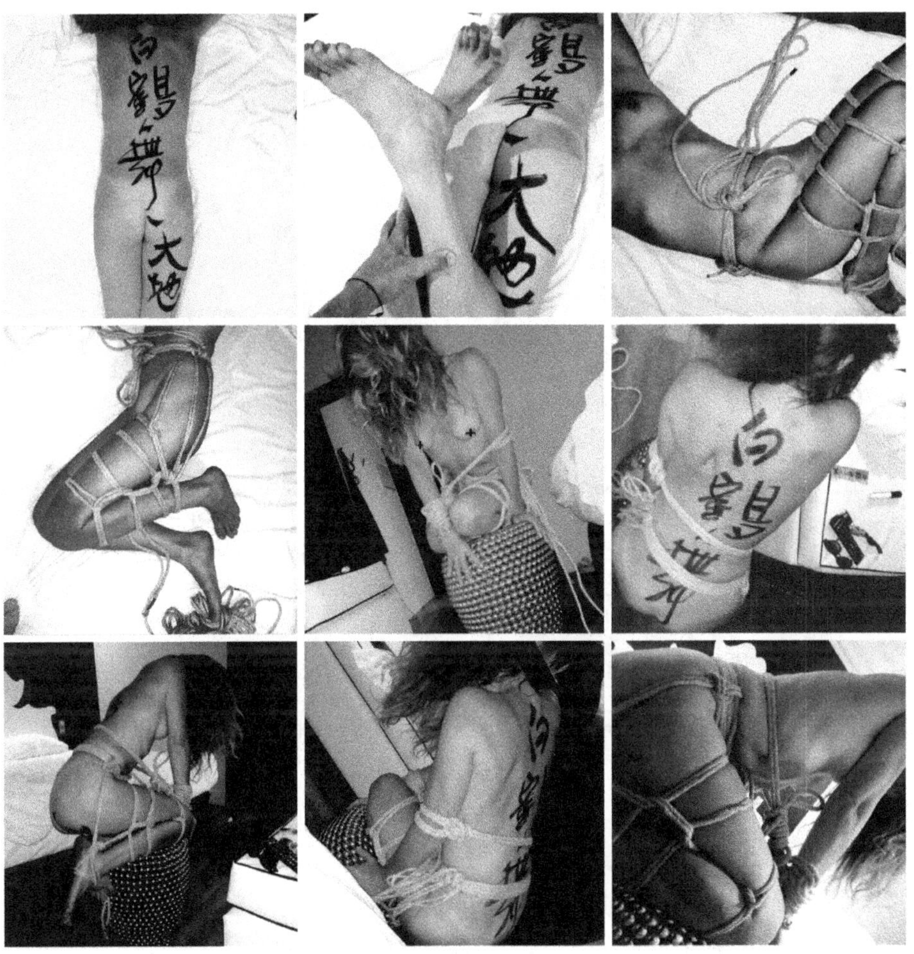

sola explicación. La habitación merece que la propiedad
nos haga un cargo extra de limpieza. Y también que nos
dé un premio. Todavía no sé a qué. Déjenme pensar, so
agonías.

—Esto apesta a sudor y semen —digo.

—Apestamos a sonrisas y gemidos, wachito. Y a cuerdas y a tinta —contesta Uhla. Y me besa.

Sudor y semen;
sonrisas y gemidos;
cuerdas y tinta

Cinco, siete y cinco sílabas. El haiku de follar a lo grande.

***

Estoy en la cola y miro el último vídeo que me mandó Uhla hace unos días. Es un sencillo, sugerente, elegante y bello *striptease*. El vigilante de seguridad de la zona de control de embarque del Aeropuerto de Barcelona me indica que me aparte. Nos vamos a reír, pienso.

—Tenemos que revisar su equipaje, caballero.

Me lo temía.

El vigilante saca todo lo que hay en la mochila: diez tramos de cuerdas de yute teñidas de color rojo; una máscara de cierva, poligonal, de cartón; cuatro mosquetones y el triskel.

—Explíqueme para qué es esto.

—Es para atar a mi novia.

—¿Qué quiere decir?

Le enseño algunas fotos de mi Instagram.

—Curioso, muy curioso. —Dice, anotando mentalmente el nombre de mi cuenta— Puede pasar.

En veinte minutos despegamos y en una hora más, a través de la megafonía de la cabina, el comandante nos da la bienvenida a nuestro destino:

—Señoras y señores pasajeros, hoy en "Conozca mundo follando: Ginebra (Suiza)". La temperatura en el exterior es de quince grados. Por favor, permanezcan sentados, y con el cinturón de seguridad abrochado hasta que...

Claro que no ha dicho eso, no seas *naive*. Me toca devolver la visita a mi amante peruana-suiza. O como se diga. Durante el vuelo he hecho inventario. 2019 está siendo el año más prolífico en lo que a amantes se refiere. Desde mi última cita con Uhla he escrito (ya me entienden) al menos parte de los capítulos 17, 64, 71, 68, 72, 73, 62 y 57.

Bastante convulso, este 2019, diría yo. El año más promiscuo de mi vida. Sin duda. Hoy es miércoles 25 de septiembre de 2019 y Uhla me recibe en la salida de pasajeros del *Aéroport International de Genève*. Es un beso largo y húmedo.

Uhla viene vestida como una mujer rica de esas que necesitan mantener a buen recaudo su reputación, así que no dudo en cogerle el culo y meter mi mano por dentro de la blusa y apretarle el pezón izquierdo. Aprieto y aprieto y ni una mueca de dolor. A veces decimos que en ese momento el mundo desaparece a nuestro alrededor pero no ocurre eso. Mi posición es más cómoda, por motivos obvios. A Uhla, en su ciudad, en un espacio público, no se le olvida que puede ser blanco de críticas y que sus actos conllevan consecuencias. Tampoco es que se la pele[6]: de una manera consciente manda a todos a la mierda por un rato. Son unos dos minutos frente a frente a medio metro de distancia. Me llega de manera muy clara el olor de *Nettare Di Sole*, una de las aguas frescas de la colección Aqua Allegoria de Guerlain. Nos besamos de nuevo.

Utilizamos el autobús para ir a la ciudad. Casi no hablamos.

—Estás guapo, wachito.

—Voy a follarte hasta que pierda el conocimiento.

Eso, apenas un par de frases sacadas de cualquier comedia romántica de domingo por la tarde.

Bajamos en Bovy Lysberg y caminamos hasta el Boulevard Georges-FAVON. El apartamento de Uhla está en un edificio que me recuerda, salvando las distancias, a alguna finca burguesa y modernista de Barcelona. En la barandilla de hierro forjado del piso superior se puede atar una línea de vida, la cuerda principal de la que colgar a alguien.

***

Me duele la cabeza. Llevo día y medio casi sin dejar la

cama. Follando, durmiendo, comiendo y bebiendo. Uhla me ha hecho salir de la habitación para cambiar las sábanas y poco más. De hecho, ni siquiera eso. Ha aprovechado un momento que he ido al lavabo. Me duele la cabeza. Ya, ya sé que lo he dicho. Es que me duele mucho.

Me he bebido unas cuantas botellas de vino. Mi favorito ha sido un "Domaine d'En Bruaz", hecho con uvas Carminoir. Supongo que porque, además de ser suizo, es de la denominación de origen "Ginebra".

Uhla vuelve de su clase de yoga, sudada como un purasangre después de una carrera. Me besa y me da una bolsa de papel encerado.

—El mejor *croissant* de Ginebra, jefe —grita desde la cocina mientras pone la cafetera.

—¡Yo te voy a dar el mejor croissant, muñeca!

Yo lo conozco menos como "el *croissant*" o la "mano *cornuta*" y lo conozco más como el "Spiderman".

Recoge los dedos corazón y anular, cierra o no sobre ellos el pulgar. Esa es la posición en la que debe quedar la mano. Mete el corazón y el anular en la vagina, buscando el punto g, presionando hacia la pared que da al vientre. Posa el pulgar y su base sobre el clítoris externo. Empieza a masajear. Los dos dedos restantes acarician y aprietan los labios mayores. Cuando la cosa esté bien caliente puedes probar con dejar que el meñique se cuele en el culo.

Por supuesto que la otra mano y la boca tienen trabajo

por su lado. Esto es un trabajo de equipo. Necesitamos todos los efectivos al cien por cien.

Ese, ese chorro, es un *squirting* de primera.

—Este es el mejor *croissant* de Ginebra ¿No crees?

Uhla apenas puede hablar. Balbucea algo ininteligible.

—Repite. No te entiendo.

—Esta noche tenemos una cena en tu honor en casa. ¿Prepararás una tortilla de patatas?

—¿Tienes paracetamol?

***

Uhla tenía todos los ingredientes que necesitaba. Y más. Aso cuidadosamente un pimiento rojo, lo corto a tiras y decoro mi tortilla de patatas con cebolla con el escudo de Barcelona.

La fiesta está muy divertida. Uhla tiene una colección de amigos muy diversificada: desde su peluquera y amiga hasta su ex-marido con el que se casó para obtener la ciudadanía suiza, pasando por un cónsul, algunos grandes empresarios y algún que otro artista emergente de quien Uhla ha adquirido alguna obra. Más de treinta invitados, todos amables y de educación exquisita, todos gente guapa que quieren saber de mí. Uhla me ha pedido explícitamente que sea yo mismo en todo momento. Y eso hago. Y sus amigos también se sienten libres de preguntar sin prejuicios.

¿Cómo os conocisteis?, ¿No era más fácil encontrar novia en Barcelona?, ¿Así que eres artista y policía?

Cosas así.

Las fiestas no son lo mío. No me suelo sentir cómodo rodeado de otros animales de mi especie. Pero en esta me lo estoy pasando bien contestando sin ningún tipo de tapujos, bebiendo Veuve Clicquot y Moët & Chandon, y viendo cómo bailan salsa las chicas.

Se me acerca por la espalda un caballero que me han presentado hace demasiado rato. Le da una calada a un Marlboro y señala discretamente con el índice de la mano derecha que sostiene una copa tulipa con espumoso dorado.

—Sé sincero. En un mundo abundante ¿a cuál de las tres te tirarías? —dice un Jean-Claude, Pascale o Michel André que tiene toda la pinta de haber pasado por el baño a empolvarse la nariz. Ha utilizado esa coletilla que uso a menudo: "en un mundo abundante".

—En un mundo abundante no hay que escoger tanto, François.

No se llama François, pero no me corrige. Uhla viene hacia mí y deja a Agnes y a Yanara como reinas de la pista. Está borracha, como todo el mundo aquí.

—¿Se divierten? ¿De qué hablan?

—Una fiesta muy divertida, Uhla, me lo estoy pasando

muy bien —dice René, creo que intentando desviar el tema.

—Tu amigo me preguntaba que a quién de vosotras me tiraría en un mundo abundante —digo.

—N...n o-no —balbucea Charles sin saber cómo escapar de esta.

Uhla suelta una risotada, me besa con los primeros compases de "London Calling" de The Clash y se vuelve con sus amigas .

***

Nos despertamos un poco perjudicados. Uhla dice que se va a yoga, que quiere sudar.

—Quédate en la cama. Descansa, jefe.

Duermo un poco, me levanto a mear y vuelvo a la cama. De refilón he visto cómo dejamos ayer la casa. Hay restos de comida y bebida por todos lados y en mi móvil mil mensajes. De esos mil solo me preocupa de verdad el de Gemma (Cap. 17).

—¿Qué tal la fiesta? Y ¿qué tal tú? Te quiero.

—Muy bien, amor. Gente chula divirtiéndose. Quizás yo

el que menos.

Llega Uhla y dice que hoy vamos a ir a los *Bains des Pâquis.*

—¿Cuándo? —pregunto.

—Cuando quieras, jefe.

—Antes quiero atarte.

—Lo que quieras —insiste.

Como a mi novia suiza le gusta correr ciertos riesgos, cuelgo el triskel en el rellano de la escalera interior.

—¿Aquí?

—Aquí.

—¿Y si nos pillan?

—Tendrás que dar algunas explicaciones.

—OK.

La cuelgo en vertical, casi de pie. Sus magníficas botas de cuero negro remachadas con tachuelas metálicas quedan separadas del suelo por un par de centímetros. Le ato las manos a la espalda y le pongo la máscara de cierva. Está elegante, en paz, estupenda. Y yo estoy delante de ella con un cuchillo de cocina magnífico, muy tentado de destrozarle las bragas deportivas y la camiseta interior. De tirantes gris, básica, elástica, ajustada. No lo hago. Ya bastante jodido será que nos enganche en esto Annemarie, la anciana que vive en el apartamento de enfrente, como para que además crea que estoy desollando a su vecina. Que lo mismo la señora Kübler-Ross tiene a mano el rifle de su difunto marido y me pega dos balazos en el vientre y aquí se acabó mi chulería. Un día eres joven y al día siguiente te reprimes para no ser asesinado por un malentendido.

El día se alarga dentro del dormitorio de Uhla, presidido por el retrato que le hice. Quizás el mejor desnudo que he pintado nunca.

Los *Bains des Pâquis* es un lugar extraño. Diría que se me hace extraño, especialmente en Suiza. Una sauna popular con vistas al lago Léman. Un baño turco en el que te encuentras con gente desnuda que hace lo mismo que tú: tomar vapores de eucalipto.

Ya me conocen. No soy pacato escribiendo. Y aún con todo no puedo explicarles lo que hicimos en ese *Hammam*. Bueno, sí puedo, pero prefiero cumplir con mi promesa. Tengo unos principios de hormigón armado. Lo cierto es que después de alternar los vapores con duchas frías, para acabar a lo grande lo suyo es meterse en el lago. El sol cae y la ciudad se ilumina. El agua está fría. Tengo los huevos como un estropajo al que hayas escurrido todo el agua y el jabón. Mi polla es un cacahuete. Y Uhla brilla y se refleja en el *Lac de Genève* como una más de las grandes luces de la ciudad.

—¿Tienes hambre, *gangstah*[7]?

Conseguimos sitio en una mesa compartida en el restaurante más típico de los *Bains des Pâquis* y damos cuenta de una *fondue* y de una jarra de vino blanco.

—Eres valiente, cervatilla.

—Y tú tienes pelotas, jefe.

—La máscara es para ti. Te dejo también un par de cuerdas, no vaya a ser que venga a visitarte un chulazo y no tenga con qué atarte.

—¡Sobretodo eso!

***

En estos días que he pasado con ella me ha cocinado un chuletón enorme y me ha servido todo el vino exclusivo que he querido. Me ha invitado a cenar en Yvoire, con vistas al lago desde Francia, los famosos *filet de perche*. Y se ha dado a mí y a mis caprichos por perversos que fueran. Es un poco raro necesitar un avión para volver a Barcelona. Cuando crees que puedes volar, digo.

***

—Antes de operarte, —le ordeno— compra una caña de bambú. Debe ser de al menos dos metros y medio de largo y ocho centímetros de diámetro.

—¿Dónde consigo eso, wachito?

121

—Prueba en alguna floristería o centro de jardinería, o en alguna tienda de interiorismo.

No pregunta para qué es. Lo hace y ya.

Tardo en volver a ver a Uhla. Hasta finales de noviembre nos hemos ido. Se ha operado de la rodilla y está en plena recuperación. Lleva una férula de última generación desde mitad del muslo hasta la pantorrilla. Acero quirúrgico, fibra de carbono, cordura, neopreno y velcro. En negro. Parece un complemento de Gaultier. Me fascinó "Crash" de David Cronemberg. Rosanna Arquette me la puso muy dura con las piernas enfundadas en órtesis estabilizadoras. Y ahora, más de veinte años después, puedo follarme a mi propia tullida. No pierdan la esperanza nunca, gente.

No he tenido nunca una lesión de rodilla, pero conozco gente que sí. Menisco, algún ligamento cruzado, algún ligamento externo, o cualquier combinación entre ellos. Y conozco un par de las temidas tríadas: rotura del ligamento cruzado anterior, el menisco interno y el ligamento lateral interno. El postoperatorio duele mucho y la sensación de inseguridad y de tener que ir con pies de plomo para no cagarla y volverte a hacer daño es notable. ¿Por qué explico esto? Porque voy a colgar a Uhla y le voy a hacer una inversión. Colgada de la cadera, con la cabeza abajo, con los tobillos atados a la línea de vida y con las muñecas a la espalda. Y porque la confianza, la fe que tiene que tener en mí es absoluta. Y no duda ni un solo momento. Y, de nuevo, lo vamos a hacer en el rellano de la escalera. Frente a la puerta de Annemarie Kübler-Ross. Para la ocasión, Uhla me propone un body precioso con escote calado semi transparente recortado en ángulo agudo, espalda descubierta, cadera alta, parte posterior brasileña y mangas largas. Es una pieza de lencería para vestir. Para ponerse una falda encima o unos pantalones elegantes o jeans. O para que tu jefe te cuelgue con ella puesta.

La rodilla no nos permite hacer demasiadas acrobacias pero, como te diría cualquier gurú del *coaching*, una crisis es una oportunidad. Así que nos centramos en perfeccionar la mamada profunda.

Por la noche hacemos una colgada muy teatral que imita una crucifixión. Escogemos el rellano del último piso del edificio porque nos parece que Annemarie engancha el ojo a la mirilla. Si quiere ver el espectáculo que se traiga una silla como todo el mundo. Esta vez el body que viste Uhla es absolutamente transparente, aunque sobrepone su batín de seda de orientación japonesa. Le tapo los pezones con cruces de cinta aislante negra porque no quiero ningún ataque al corazón en el departamento de censura de la sede de Instagram. La línea de vida suspende a Uhla de un arnés de cadera un tanto manierista y los brazos quedan atados a la caña de bambú. Le pongo la máscara de cierva de cuernos incipientes. Hemos superado la medianoche y ya saben Uds. que a estas horas se oye todo. Los vecinos, en vez de salir, van a llamar a la policía y los agentes se van a encontrar este marrón.

***

A Uhla le gustaría que nos despidiéramos del año juntos, así que vuelo a Ginebra el 30 de diciembre.

—He trabajado duro en la recuperación de la rodilla. Me falta un poco de movilidad, pero está firme, wachito —dice—. Puedes ponerme en la posición que quieras —y se ríe.

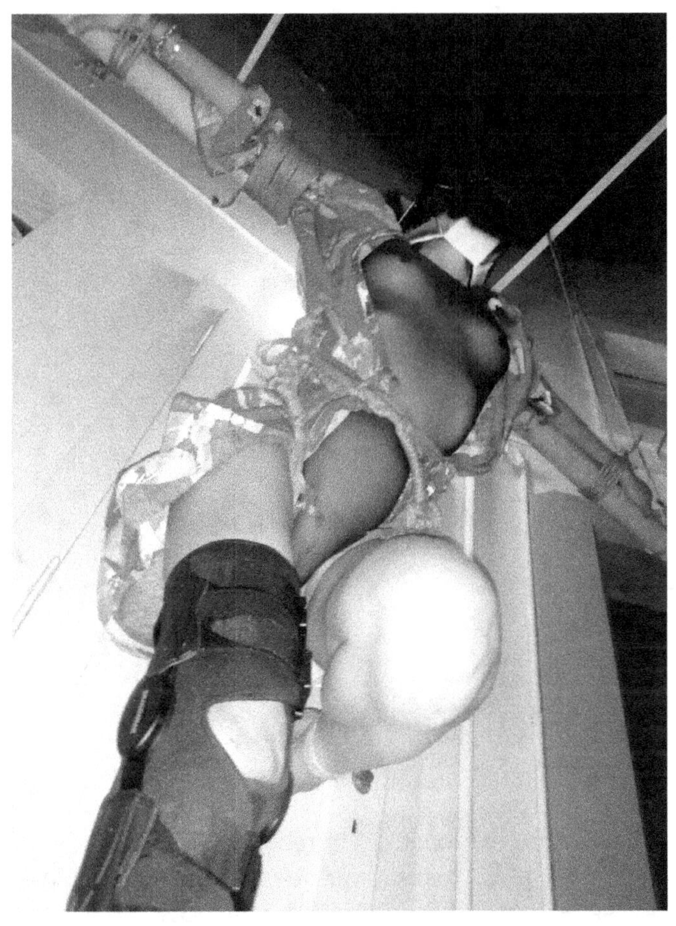

Esta tarde nos visita Mario, un mejicano que había sido medio novio de Uhla. El tipo está con una jovencita bastante exigente y él quiere aprender lo mínimo de shibari para divertirse un poco más. Me parece bien. Ese fue mi planteamiento en abril de 2019 cuando empecé con las cuerdas.

—Además, Mario hace todo tipo de reformas y arreglos

en las casas. Se gana la vida con eso. Tiene destreza
—dice Uhla, convenciéndome.

—Bien. Dile que traiga y te deje un sargento.

—¿Un sargento?

—Un sargento de obra. También se llama "gato" o
"tornillo de apriete".

En media hora está aquí el chamaco.

—Encantado. Traje el sargento.

—Gracias. Es una herramienta potente.

—¿Para qué es? —pregunta Mario.

—Tengo que hacerle unos arreglos a Uhla —y le guiño
un ojo.

—Entiendo —miente.

Saco una de mis sogas y la recorto a cuatro veces la
envergadura del maestro del destornillador y la llave
inglesa. Él quiere que le enseñe un par de nudos y ya.

Y no.

Le enseño los fundamentos más básicos.

—Primero la seguridad: no ates el cuello, no ates
fuertemente las muñecas, nunca dejes sola a quien
ates; no ates bebido, fumado, o puesto de lo que sea.
Sé progresivo. Y, sobre todo, sé consciente.

Especialmente de que eres lego.

—¿Lego?

—Que no tienes ni idea de esto —digo.

—Que no se te ha enseñado, que todavía no tienes los conocimientos —dice Uhla.

—OK-OK, lo pillo. Está bien.

A veces me paso de amable.

—Con tres nudos que probablemente ya conozcas tienes más que suficiente: el nudo simple, el liso y el de alondra.

Le explico cómo hacerlos y, efectivamente, ya sabía cómo. Cojo a Uhla de modelo y me la siento delante. Le doy a Mario algunos recursos atendiendo a algunas directrices muy claras: seguridad y simplicidad, una sola cuerda, que aporte algo.

Primero un *gote*. Permite inmovilizar las manos a la espalda sin apretar las muñecas. Es un *gote* minimalista.

—Pilla las muñecas con un vano holgado y aprisiona los brazos contra el cuerpo. Asegura que la cuerda no tenga salida hacia arriba anudando bajo la axila. Lo tienes que poder hacer completo con una sola cuerda.

Cuando he acabado el gote, empujo la espalda de Uhla hacia el suelo y su pelvis se levanta ofreciéndome una posición muy ventajosa para enchufársela. De hecho, agarro las caderas de nuestra modelo. Con fuerza. A Mario se le ilumina el rostro.

Desmonto el gote y le hago un cinturón.

—Ciérralo con el nudo delante y pasa el sobrante de la cuerda doble por las ingles. Una cuerda por cada lado. Vuelve a atar al cinturón, en la espalda. Ahora puedes agarrarla por aquí, por aquí o por aquí. Y las cuerdas oprimen su vulva. Oprimen tu polla.

—Wow —dice.

Mario se ve metiéndole la del pulpo a su Emily, Lyna o Sophie. Pero sobre todo, él que no ha dejado de tirarle los trastos a quien fue su novia y ahora es mi novia, se imagina muy fácilmente dándole a Uhla. Lo miro con una sonrisa de cabrón. Una sonrisa condescendiente. Ni lo sueñes, McGyver de barrio. En mi imaginación él contesta en plan chulito "qué no puedo soñar" y yo le digo "si vuelves a mirar a mi chica te arranco las pelotas". En realidad me la pela con quién folle Uhla. ¡Solo faltaría!

—Y cuando acabes de todo, recoge las cuerdas con cuidado y dale a tu chica muchos mimos.

Beso en el cuello a Uhla, bajo al omóplato y le casco dos mordiscos *top ten*.

—Esta cuerda —digo solemnemente, tras haberla recogido y anudado— es para ti.

Y se la regalo.

—Wow, gracias, Jesús.

—De nada, Mario.

Mario se va contento y Uhla y yo estamos calientes nivel "quiero partirte por la mitad".

Uhla se pone a vapear CBD. Es uno en particular que le envían desde Barcelona y que probablemente lleve algo más de THC que el 0,2% que declara en la etiqueta. Se relaja, dice. No ha tenido suficiente con correrse tres veces. Muchos nervios me parecen a mí.

—Me gustaría mucho que me hicieras esa atadura en el pie. La que le hiciste a Hebe (Cap. 80). Me parece bella. Muy bella.

Hace menos de dos semanas colgué a Hebe de un pie. A Uhla no la puedo colgar así. A casi nadie puedo hacerle una suspensión tan extrema. Pero puedo hacerle ese calcetín de cuerdas, colgarla de la cintura y un poco del pie.

Engancho el sargento de Mario por encima del marco de una puerta y de ahí cuelgo cabeza abajo a mi chica.

Todavía no he visitado la *Vielle Ville* de Ginebra. Ni la *Cathédrale de St-Pierre* ni la *Place du Bourg-de-Four*. Nada. Ya vendré con más tiempo.

***

En enero de 2020 Uhla alquila un apartamento en la

calle Rec, con vistas al Passeig del Born y, por tanto, a Santa María del Mar. Mi lugar favorito del mundo, sí. Es un apartamento muy bonito, con unas maravillosas vigas vistas de madera en las que colocar un sargento y de ahí tirar una línea de vida de la que colgar a Uhla en horizontal y darle más vueltas que un tiovivo. Por mi trabajo sé bien que cuando puedes ver al objetivo, el objetivo también puede verte a ti. Pero a veces se me olvidan esas mierdas. Alguna vez ya les he dicho que no soy el policía más operativo del mundo. Ni siquiera el segundo. Pues eso, que un apartamento con vistas es también un apartamento expuesto. Y hay gente disfrutando del espectáculo ahí abajo. Y alguien ha llamado al 112[8]. Y otra cosa que queda de relevancia aquí es que me concentro más cuando hago shibari que cuando follo. Porque ha sido aprovechar que estaba Uhla colgada en horizontal boca arriba para metérsela en la boca y he escuchado el jaleo en la calle. Y lo último que pensaba es que fuera por forzar a una mujer atada y colgada a hacerme una felación. Y sí. Y llegan varias patrullas policiales al edificio. Abro la puerta.

—¡Bordas! Joder. Esto no me lo esperaba. ¿Qué cojones pasa? —dice Jordi, partiéndose el culo.

No tengo que explicarle mucho. No tengo que explicarle nada. No porque no tenga la obligación (que, al menos moral, sí la tengo) sino porque antes de que le vaya a contar nada él ya sabe de qué va.

—¿Puedo pasar para comprobar que todo está bien? —dice, siguiendo el protocolo que hemos llevado a cabo juntos algunas veces.

—Puedes sentarte y disfrutar del espectáculo.

Me aconseja que eche las cortinas y que me tape la polla delante de la policía. En media hora voy a ser la comidilla de toda la comisaría. Desde el chico que hace la limpieza hasta el intendente.

—Hala, sigue con lo tuyo. A ver cómo le explico esto a los requirientes[9] y al canal[10]. Y cuando tengas tiempo mueve, cabrón —dice.

Lo de "mueve" es porque tenemos en marcha una partida de ajedrez *on line*. Me va ganando, huele la sangre, y tiene prisa por machacarme.

Cierro la cortina y el grupo que estaba mirando abuchea. Vuelvo a abrir y grito: "¡no hay quien os entienda, hijosdeputa!".

La descuelgo y desato. Recojo mis cuerdas y la llevo a la cama. Me espero a correrme en su culo para empezar a preparar la escayola. Hoy me llevo un molde de Uhla a casa. Es una pieza diferente, muy lineal, que recorre su cuerpo desde la mano izquierda hasta el pie derecho. Nos queremos mucho esta y yo.

***

2020 es año bisiesto y hoy, 29 de febrero, el día que tenemos de más, Uhla y André me visitan en mi taller de escultura en Arenys de Munt. Ambos tienen mucha curiosidad. Especialmente les interesa Llibertat, el caballo de madera en el que estoy trabajando. Al cabo de unos minutos André se va a dar una vuelta por el

131

pueblo. Está expresamente invitado a quedarse en el taller a la sesión de shibari, pero declina la invitación. Quedamos para comer en El Caliu, un restaurante típico de comida casera en el que he reservado una mesa para que los suizos prueben los *calçots*[11].

Para poder atender a Uhla he tenido que anular algunas citas. Por una vez, la suiza reclama lo suyo:

—Nos vemos muy poco. Es normal que hagas un esfuerzo por estar conmigo. Supongo que lo entienden.

—Pues no te creas, no se lo han tomado muy bien.

—*Fuck 'Em* todas, *bitches*[12].

Me hace tanta gracia la expresión que se la escribo en el torso. Le hago una atadura expresamente para que pueda descansar, vestida de cuerdas, dentro de la panza de Llibertat. Elaboro una red asimétrica para todo el torso y unida a los dos *futomomos*[13] de las piernas. De hecho, es la única movilidad comprometida, la de las piernas. Es un *free style* o un "Jesús, tú ata como te dé la gana, si eso". Y no, no sales de mi taller virgen.

***

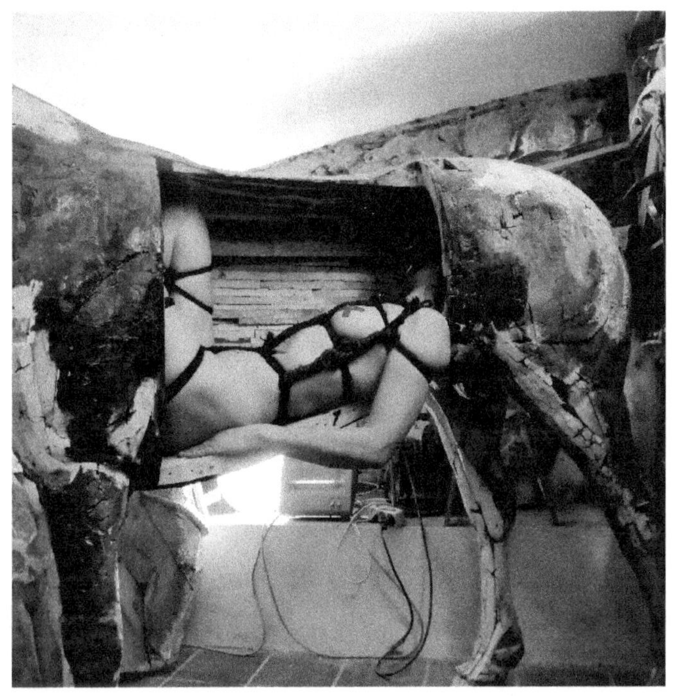

Los calçots estaban perfectos pero creo que eso de comer con las manos y pringarse hasta las cejas de carbonilla y salsa Romesco no casa muy bien con la esencia suiza de André. Uhla es otra cosa, pero igualmente la he visto sufrir un poco. Después de sentirnos mejores que nadie, el resto del fin de semana sigue el guión bien establecido de comer y beber bien, descansar y "da-le-a-tu-cuer-po-alegría, Macarena[14]".

—Cuatro pecados capitales de siete. Hoy san Pedro no nos abre las puertas del cielo, no —digo.

Uhla traga y sonríe. Nos llevamos muy bien. No se me

ocurre nada que pueda acabar con nuestra relación. Como no sea que, de repente, haya una pandemia mundial que paralice el planeta. Y eso no va a ocurrir[15].

***

Notas del capítulo 63

1. Entre nosotros utilizamos ese término como aceptar que te has equivocado o has perdido.

2. Mi perfil de Instagram donde publico fotos de mi shibari y algo de arte corporal.

3. Pantalón táctico o de asalto.

4. Sí, es un homenaje a Nicollette Sheridan, la patinadora. La chica Martini del anuncio de Martini Rosso de 1981.

5. Danone es una marca de yogures que hizo fortuna con eso de "cuerpos Danone". Mostraban unos cuantos modelos buenorros dando a suponer que estaban así de deliciosos porque tomaban sus yogures. La expresión "cuerpo Danone" ha hecho fortuna.

6. Que a alguien se la pele algo es una expresión vulgar que se utiliza en España y significa que ese "algo" le da igual.

7. Gánster.

8. Número de teléfono de emergencias.

9. La persona que llama a la policía.

10. La sala central de mando. Los que envían los servicios por radio a las patrullas.

11. Cebollas alargadas que se cuecen en las brasas y

se comen mojándolas en salsa Romesco. Un manjar típico de la gastronomía de Catalunya.

12. Algo así como "que os follen, zorras" en Spanglish graciosete.

13. Atadura de pierna flexionada.

14. "Macarena" el *superhit* mundial de Los del río.

15. Dos semanas después, El 14 de marzo de 2020, se decretó el primer estado de alarma en España para intentar frenar la expansión del coronavirus.

78. MEL

—Tienes que follarte a Melisa —dijo Ana (Cap 53) hace un mes—. Es un encanto de niña.

Ya me conocen: nadie tiene que nada[1]. Pero puestos a "tener que", follarse a la amiga de una amiga no es una mala "obligación".

Melisa abre la puerta. Viste una sonrisa muy bonita y una especie de bata-kimono de seda negra con bordados en negro. Tiene una media melena de pelo abundante y moreno a lo Selene, la vampiresa de "Underworld" interpretada por Kate Beckinsale. Las cuerdas rojas que traigo le van a quedar muy bien. Por lo demás, Mel es más redondita toda ella. Y lleva puestas unas gafas con montura de pasta de esas que me va a encantar que se deje puestas en el momento justo.

Hay canciones que reconoces tras escuchar un solo compás. E incluso con menos.

Con el primer golpe de caja de John Bonham reconoces que la canción es "Rock and Roll" de Zeppelin. Un único tañido de campana y sabes diferenciar si se trata de "Hell Bells" de AC/DC o de "For whom the bell tolls" de Metallica. Qué decir de una única nota con *delay* que te eriza el pelo porque se viene la intro de "Welcome to the jungle". Bueno, ya lo pillas. Seguro que tienes tus propios ejemplos.

Pues con el beso de Melisa ha ocurrido algo así. El primer contacto con sus labios y ya sé de qué canción se trata esto. Una de las buenas. También parece que la chica va a ser una *"one hit wonder"*. Ya saben, ese tipo de artistas que solo tienen una canción memorable. Como 4 Non Blondes y su "What's up?" o Meredith Brooks con "Bitch".

Se entrecorta lo que dice. Un par de frases que suenan a "¿Quieres tomar algo?" y "Mejor vamos a mi habitación". Camina hacia atrás y me abalanzo continuamente sobre su aliento. No deja de sonreir y, te lo juro, besar a una mujer que no deja de sonreir es muy chulo. Tiene labios carnosos y juveniles y en las mejillas unos hoyuelos muy bonitos. Un poco a lo Miranda Kerr o a lo Cheryl Ann Tweedy. Y, bueno, todo el mundo sabe que te indican dónde poner las yemas de los pulgares. Dejo la mochila a un lado de su cama. La pongo de rodillas. Se alegra mucho de saber lo que tiene que hacer. Esa alegría de cuando acabas de estudiar algo en el pasillo antes de entrar en el examen y va y te cae esa pregunta en concreto. Ese "¡esta me la sé!"

Primero la coge con la mano y la relame de abajo a arriba como si fuera un helado de su sabor favorito que se estuviera derritiendo. Después me coje los huevos y se la mete en la boca y gime. Cuando alguien te la come y gime, sin haberse quitado las gafas, muy pocas cosas pueden salir mal. Tiene el detalle, además, de no sacársela hasta que se lo indico. Me parece de una educación exquisita.

—Súbete a la cama y sigue.

Me quito los zapatos, los calcetines y la camiseta. Mel me espera como una perra cuando le ordenas *"sit"*. Me subo a la cama. Me pongo de rodillas. ¡Acción!

Le cojo la melena con fuerza y gime con más intensidad. Tiene un cabello muy sano. A Mel le gusta que le lleve la cabeza. Le levanto la falda del kimono. Lleva unas bragas brasileñas semitransparentes y con un encaje precioso. Me ha envuelto para regalo su hermoso culo. Tiene un armario de tres metros pegado a la pared con espejos que ocupan dos puertas desde el suelo hasta el techo. Es una buena cosa.

La tumbo boca arriba y le abro la bata. Tengo trabajo, veo. Este cuerpo puede alimentar a una pequeña aldea. ¿Saben esos melones grandes de secano que están dulces y duros a la vez? Pues así. Son las tetas naturales más grandes, rellenas, redondas y firmes que he agarrado nunca. Y eso incluye también los sueños que he tenido. Y nuestra amiga parece muy sensible a mis manos, a mi lengua y a mis dientes. Todo sus cuerpo es generoso y firme, de una carnosidad que me la pone muy dura. La piel es muy blanca pero tersa. Delicada. A través de ella, en muchas zonas, se ven las venas azules. Recorro su cuerpo hacia abajo besándolo, lamiéndolo y mordiéndolo. No me corto ni un pelo y voy a lo que me pide el cuerpo. Llego al pubis y tengo que romperle las bragas. Mel se abre más de piernas y me ofrece un coño ligeramente fragante, con vello, pulposo como un solomillo de ternera. Y voy, sí, a lo que me pide el cuerpo. Mel se agarra a las sábanas y se retuerce. Parece que esto es de lo que más le gusta, aunque cuando le he chupado los pezones ha hecho lo mismo. Se incorpora un poco para ver el espectáculo con esos ojos tallados en obsidiana. Se quita las gafas y se deja caer de nuevo. Estoy arrodillado ante ella y no quiero joderle la fiesta, así que apoyo la parte baja de la frente en su monte de Venus, le succiono el clítoris y me las ingenio para bajarme los pantalones, sacar un condón y ponérmelo. Dos, tres, cuatro lametones intensos y se la clavo del tirón. Sube bastante las piernas, adaptando el ángulo de penetración a sus gustos. Le cojo los tobillos y me los pongo sobre los trapecios, a ambos lados del cuello. Clavo los nudillos en el colchón atenazándole la cintura. Ahora le cruzo los pies. Puedo agarrar bien los dos tobillos con la mano izquierda. Con la derecha abrazo sus rodillas y las junto a mi esternón. Subo y bajo sus piernas. Lo llamo "hacer el mortero". En realidad sería más "majar". El acto de machacar reiteradamente la mano del mortero contra el recipiente cóncavo. Cuando follo así se produce un tipo de penetración que no puedo conseguir moviéndome de ningún otro modo ni en ninguna otra posición. Y no quiere decir que no mueva la pelvis. Al contrario, la muevo mucho y de una manera muy eficiente. Me canso poco, sentado sobre mis pies, con el torso en vertical. Es como una posición de meditación. El glande presiona mucho el punto G. Empieza el chorreo. Si no suena como un San Bernardo comiendo sopas no lo estás haciendo bien. Cojo una cuerda de la mochila. Roja. Le ato los tobillos y le libero las rodillas. Tiene movilidad de piernas y esa cuerda la está excitando. A veces, como ahora, hagas lo que hagas, todo te sale bien. Mel necesita tomar un poco de control. Eso se nota. No control sobre mí. Control sobre ella. La desato. Me tumbo sobre mi espalda. La invito a cabalgarme. Le ato la cuerda alrededor de los pechos. Mel pone presión en mi pubis y ajusta el ángulo. Se echa un poco hacia adelante. Un poco hacia atrás. Ahí. Ahí es. Sostengo esa atadura con una serie de tirantes que pasan por las axilas, el esternón y el cuello y que dibujan una estrella. Mel gime. En apenas dos minutos la sangre se concentra en sus tetas. Se ponen ligeramente moradas y muy sensibles. Le acaricio las areolas muy levemente. Tres, dos, uno: ¡fuego!

Nuestra artista invitada se ha tirado a un lado de la cama. Tiene el pelo negro absolutamente alborotado y empapado en sudor. Me encanta ese *look*. Cada dos años se pone de moda la melena Bob y siempre aparece su versión Savage, que es una Bob despeinada y con algún fijador que marque los mechones definidos y húmedos. Como si acabaras de ganar un partido de *volley*. O como si fueras Selene después de acabar con unos cuantos licántropos. O como si acabaras de correrte después de follar, sí. Porque ese corte funciona especialmente bien cuando la dopamina te sale por las orejas.

Tiembla. Tiene espasmos. Durante unos veinte segundos está con esa actitud. Cada vez un poco menos fuertes, más disminuidos, pero aún con todo: veinte segundazos de post-corrida es bastante impresionante. O me impresiona a mí, que soy muy sensible. Yo qué sé.

—¿Te has corrido bien?

—Sí.

—¿Como una perra?

—Como una puta.

Sonríe dejando a la vista las encías superiores. Tiene unos dientes blancos y perfectamente formados.

—Ponte las gafas —ordeno.

Mel me acaba con una mamada intensa, con toda la intención del mundo de dejarme seco. Es de agradecer. Le advierto que me voy a correr en su boca y gime y me masajea los huevos. Según voy disparando va tragando la mujer esta. Y sigue mamando hasta que se ha asegurado que no queda ni una gota en la uretra. Me besa el glande con dulzura. Cinco veces.

—Pensé que te correrías en mis gafas.

He dudado un momento, la verdad. Tía lista, joder. Le quito la cuerda con mucho cuidado. Tiene las tetas como globos a punto de estallar. Le quedan unas marcas muy bellas. Sigo empalmado. Le doy la vuelta y follamos a lo perrito. Me agarro la base de la polla con la mano derecha. Es para meterle el pulgar en el culo mientras la polla está en el coño. Entra muy bien. Mel emite unos sonidos que vienen a querer decir "estás dando con la tecla, colega", así que le dejo caer saliva sobre la rabadilla dos o tres veces. Cuando llega a mi dedo lubrico el ano y pego el cambiazo. Entran bien los primeros cuatro o cinco centímetros pero para el resto necesitamos paciencia y sabiduría. Fuerza mental y experiencia. Ganas y determinación. Dejo que Mel lleve la iniciativa y por dos veces tiene que desandar un poco de camino. Un minuto después empujo para que entre el último tramo. Le digo cosas como "lo estás haciendo genial", "Qué bien está entrando", "qué bien lo haces, pequeña" y "ya lo tienes". Mel jadea como para despistar al dolorcillo. Ya. Hasta las pelotas. Me muevo despacio y ella ahoga unos gemidos contra las sábanas.

—¿Te gusta que te folle el culo?

—Me encanta que me folles el culo.

—¿Sí?

—¡Seh!

—¿Por qué te gusta?

—Porque soy una zorra y me encanta.

Dice "sorra", no zorra. Y ese tipo de seseo, especialmente ahora, me resulta muy agradable. Cojo un buen ritmo y, aunque es 28 de octubre, hace buena temperatura y estoy acalorado.

—Me gustan tus huevos —dice.

Se refiere a que le gusta que le golpeen en el coño a cada embestida. Le doy algunas instrucciones básicas.

—Cógemelos. Tócate con la otra mano. Córrete.

Acabamos a la vez. Mel no me deja salirme hasta que para de temblar. Me voy al baño, envuelvo el condón en papel higiénico y me lo quito. Cojo una toallita húmeda y se la paso por el culo. Soy un caballero. Nos damos una ducha. Selene (ya saben, la vampiresa de "Underworld") se pone el sujetador. Es una pieza espectacular que parece hecha de algún material tecnológico de última generación. Como si ese sujetador lo hubieran diseñado los ingenieros de la corporación Wayne en sus ratos libres cuando no están liados fabricando *gadgets* para Batman. Tiene una preforma perfecta y le recoge todo el pecho. Por la parte de atrás es muy ancho, al igual que los tirantes. Parece que la capa exterior es de raso pero podría ser neopreno, acero alemán de la Segunda Guerra Mundial o *kevlar* del bueno. Se pone de nuevo el kimono y se deja caer en la cama. Mel parece derrotada y yo me noto *a full* aunque ya sin erección. Es el momento de las cuerdas. La pongo de costado.

—Voy a atarte.

—Vale.

—¿Tienes algún problema de articulaciones? ¿Algún problema de circulación?

—Nada. Todo lo tengo bien.

—Es para mí un honor atarte. Y a la vez es un regalo que te hago —le susurro al oído.

Le ato la pierna izquierda doblada sobre sí misma con un *futomomo*[2] poco elaborado. Volteo a Mel y hago lo mismo con la pierna derecha. La pongo boca abajo en posición fetal. Le hago un sencillo arnés de cadera con dos cinturones de cuerdas. Uno por encima y otro por debajo de la cadera. Amarro ambos cinturones entre sí por encima de los nervios ciáticos con una par de agarraderas rematadas con hélices. Parecen dos asas y localizadas ahí, encima de los cachetes del culo, está clara su función. Le recojo las manos detrás y le ato las muñecas dejando un espacio entre ellas. Otro asa con función bien clara. Los brazos quedan inmovilizados atados al pecho, por encima y debajo de las tetas.

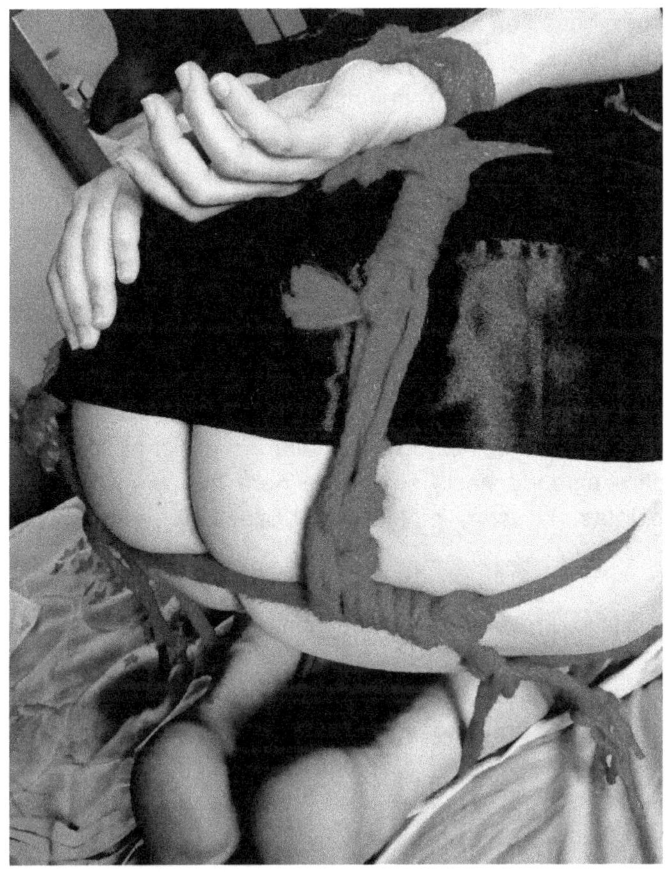

Y ya lo tenemos. Le acaricio el pelo y se lo peino con los dedos hacia atrás, despejándole la cara. Mel está absolutamente en calma pero esperando que le meta lo más grande. No, no me lo dice. Esas cosas se saben. Podría estar anunciándomelo en un letrero luminoso de carretera y no lo tendría más claro que ahora. Esta atadura da para mucho. Ella queda bastante restringida de movimientos aunque puede separar y juntar las rodillas. Suficiente. Las combinaciones tienen que ver con las dos mejores posiciones y los tres agujeros. Las posiciones son tumbada boca arriba y boca abajo sobre las rodillas y pecho. Y los agujeros... No me hagan explicar eso, va. Lo que más me gusta es follarle la boca cogiéndole la cabeza y jugar con su paladar blando y alguna vez llegar al esófago. También agarrar las dos asas del culo y clavársela a muerte mientras ella le graba en vídeo un mensaje a Ana:

—Ana. Qué rico. Te mando un besito —y se relame el labio superior.

He puesto el móvil grabándola de frente y creo que lo voy a dejar ahí. Le doy la vuelta y me siento sobre su cara mirando hacia su vientre para que me coma las pelotas. Le abro el kimono y le saco las tetas del sujetador.

—Eso, córrete en mis tetas, cabrón.

Gime y repite "qué rico" y "qué ricos huevos". Para ser la tercera corrida, después de dos muy a lo bestia, me sale bastante leche, la verdad. Le salpico las tetas pero también el sujetador y el kimono. Se la meto en la boca y la dejo ahí un rato.

La desato. Las cuerdas han dejado unas marcas bastante profundas y definidas. Como Mel no tiene tatuajes ni cicatrices son las únicas señales artificiales en su cuerpo. Acaricio y beso cada una de las marcas.

Hablamos un poco de todo y me dice que me vaya un día a alguna de las fiestas que se monta Ana con sus amigas. No digo ni que sí ni que no. Recojo las cuerdas. Todas menos una.

—Esta es para ti.

—Gracias. Es preciosa. ¿Qué vas a escribir sobre mí?

—¡Hum! A ver... qué te parece esto: si te gustan las mujeres deberías probar una así al menos una vez en la vida.

—Suena bien. ¿Y si te lee una mujer a la que le gustan los hombres?

—Si eres una mujer de este tipo deberías hacértelo conmigo.

Se ríe al punto de hipnotizar con los hoyuelos de las mejillas a una cobra real.

Es el momento de abofetearla. Cruzarle la cara y comerle la boca. Pero me contengo. Una buena hostia puede dejar un hermoso hematoma durante unos días y Mel tiene un novio que no tiene mucha sensibilidad para el Arte. Ya me entienden.

—Hazme una mamada de despedida.

—¿Con gafas?

—Por favor.

De camino a comisaría le mando un vídeo a Ana: "mensaje de Mel para ti. Atada y enculada".

***

Notas del Capítulo 78

1. "Nadie tiene que (hacer) nada, excepto cuidar de los suyos e intentar cumplir con el mandato divino de ser feliz", ese es el leit motiv completo.

2. Atadura de pierna flexionada.

87. CHRIS

Tal y como te recordaba en las notas del capítulo 63, el 14 de marzo de 2020 se decretó el primer estado de alarma en España. La situación a día de hoy, 21 de marzo, una semana después, es muy complicada. Hay confinamiento duro. No se puede salir a la calle más que para lo imprescindible y plenamente justificable. Y no, las autoridades no consideran las necesidades venéreas de Chris suficiente justificación. Rancias que son las autoridades esas, hostia.

—Salgo de trabajar a las 23:00. En media hora estaré allí.

—¿Y si te para la poli? —Pregunta Chris.

—Diré que salgo de trabajar y que voy a mi casa con mi novia. Por eso te he pedido el nombre completo y la dirección exacta.

—¿Y cuando vuelvas a tu casa?

—Ya pensaré algo.

Nada más salir de comisaría, en la plaza de les Drassanes hay un control policial. Cuando llego a la altura del primer agente le enseño la placa a través de la ventanilla. Me saluda llevándose la mano al lateral de la gorra y me abre paso.

Cojo la B-10 y después la C-32. Hace un poco de fresco pero conduzco despacio y noto el calor de la Gilda[1]. Chris no se llama Chris, pero le gusta que la llame así porque el primer día que nos escribimos me dijo que era tenista y a la siguiente vez ya le entré con "¿Qué se cuenta mi Chris Evert favorita?". Por lo demás, la chica esta dice que en su casa no podemos quedar porque vive con su hijo y con su padre, un militar retirado de esos que conserva la pistola y la mala leche para con los que se acercan a su niña. Y que ambos tienen el sueño bastante ligero. Hemos quedado que cuando llegue le avisaré, me abrirá la puerta de acceso al edificio y que nos veremos en el descansillo de la escalera. Delante de la puerta de su piso.

—¿Y te vale la pena todo por verme 15 minutos solo para conocerme? —Dice.

Llego, me abre la puerta con el portero electrónico, subo las escaleras hasta su piso y sale y entorna la puerta tras ella.

—Cierra la puerta, mujer.

Hay muy poca luz, pero su melena a lo *garçon,* rubia platino, la refleja toda. Es alta y muy delgada.

—No. Quiero oír si alguien se lev...

La agarro del pelo por el cogote con fuerza. Abre la boca y deja de hablar. Le doy un beso y la magreo entera. Le meto la mano en el pantalón y le cojo el culo con fuerza. Es un culo menudo pero firme. Bajo la mano. Arquea el lomo y le acaricio el coño por detrás. Me saco la polla. Estiro del pelo hacia abajo y la pongo de rodillas.

—Sabes como me gusta. Parece que me conozcas de

toda la vida —digo.

Le subo la camiseta hasta dejarle al aire una tetillas muy graciosas. Se las aprieto. Saco un condón. Le retuerzo los pezones. Aguanta, la tía. La levanto de los pelos con una mano. Y me pongo la goma.

—Te dije que te vistieras con polo y falda.

Le pego una bofetada que resuena en todo el edificio. Le doy la vuelta, le bajo los pantalones y las bragas, hago que apoye las manos contra el cuarto escalón de la escalera y se la enchufo. Como se despierte el niño o salga su padre o un vecino llame a la poli la liamos pero bien. Ya puestos le quito la camiseta y el sujetador y me salgo un momento para quitarle los pantalones y las bragas y que pueda abrir bien las piernas. Saco el cinturón de cuero "Caroche" que me regaló Sara (Cap. 7) hace dieciocho años y se lo pongo en el cuello a Chris sin pasar la aguja de la hebilla por ningún agujero, así que cuando tiro de la punta el collar improvisado se aprieta cosa mala.

—Tócate.

Te juro que estoy tirando del collar con mucha fuerza, tengo la polla durísima y le estoy dando como un batería de thrash metal al doble bombo. Esto va a acabar rápido. Bien porque me voy a correr, bien porque el padre de Chris me va a vaciar un cargador de 9 mm *Parabellum* en la nuca.

—¡Córrete! —Le ordeno.

Intenta decir algo. Aflojo el cinturón para que pueda

hablar.

—No puedo. Estoy demasiado nerviosa. Córrete tú.

—Cógeme los huevos.

Casi le arranco la cabeza. Se queda unos segundos sentada en la escalera, ahuecándose el collar. Se incorpora, me da el cinturón y se tambalea hasta llegar a la ropa tirada por el suelo.

—Estoy un poco mareada.

Nos vestimos deprisa. Obvia ponerse la ropa interior. Pantalones, camiseta y ya.

—Soy Chris. Encantada de conocerte.

—Un placer —digo.

—Déjame mirar.

Entra un momento, apenas veinte segundos a su piso. Vuelve sonriente.

—Nada. Todo el mundo duerme.

—Me voy —digo.

—Dijiste quince minutos y han pasado solo diez.

—Me quedo cinco minutos más si me la chupas.

—Pero así. Vestida.

Cuando salgo del edificio de Chris hay una patrulla justo delante de la puerta pero no me dicen nada. Eh, trabajo el finde, algún respiro tengo que darme, joder. Eso pienso.

***

Nuestra tenista ha estado insistiendo en repetir la experiencia. Quiere lo mismo: quince minutos de sexo duro y arriesgado. Nos ha salido *kinki* la niña.

—¿Aunque de nuevo no te corras?

—Me vale con que te corras tú —contesta.

—Buena chica.

Y, para seducirme, me ha estado enviando todo tipo de material audiovisual erótico-festivo. Algunos caprichos le he pedido pero muchas fotos, videos y audios han sido cosa suya.

El último audio ("quiero que te corras en mi cara") me ha acabado de convencer, así que cinco días después, un jueves cualquiera en medio de la pandemia más cabrona que hemos conocido como especie, estoy yendo de nuevo a casa de Chris. Bueno, eso de "un jueves cualquiera" no es bien-bien así. Es el jueves 26 de marzo de 2020 y aquí estamos repitiendo guión con cierto margen de maniobra. Sigue sin salir a recibirme como para ganar un *Grand Slam* y eso no está nada bien. Sí que es cierto que al menos se ha puesto unos taconazos espectaculares y ha salido envuelta en un

153

batín. Le doy una bofetada que me ha quedado un poco tímida, así que le doy otra de revés.

—Sé que lo haces a propósito —digo.

Aguanta la hostia y levanta la cabeza en señal de orgullo y desafío. Desanuda el cinturón del batín se lo abre por los hombros y lo deja caer a su espalda. No lleva ropa interior. Le señalo la escalera y se coloca a cuatro patas. Creo que hemos ganado medio minuto. Se escucha la cerradura del portal. Alguien entra en el edificio y yo apago la antorcha del móvil. Nos quedamos parados. Bueno, casi. Sigo dándole despacito. No sé qué me pasa. En condiciones normales hubiera perdido la erección pero aquí y ahora lo único que pierdo es el sentido común de humano del primer mundo. Quien sea que haya llegado ha tomado el ascensor. Chris me da palmadas en la mano izquierda. La tengo agarrada por los pelos en el cogote y, de los nervios, estaba apretando mucho. La posibilidad de que nuestro vecino pare aquí no es remota. Hay dos apartamentos por piso y cuatro pisos. Eso hacen ocho pisos.

—Esperas a alguien.

—No. Imposible.

Ocho pisos menos el de Chris, siete pisos. Una posibilidad entre siete. Un catorce y pico por ciento. Esos son mis cálculos. Pero no. Para en el piso de arriba. En el tercero. Abre la puerta de su apartamento, entra y cierra.

—Que sea la última vez que me llamas la atención por cogerte del pelo —le susurro.

—Me hacías daño.

La agarro del cuello y del culo como si de ello dependiera mantenerme con vida. Un polvo Soporte Vital Básico.

—¿Paro?

Suelta un ruido gutural. Una especie de medio quejido pero que claramente significa "no". Pues paro. La tumbo en el suelo de terrazo. Está frío. Le manoseo el coño. Tiene el vello ligeramente rasurado y recortado. Arregladito, vaya. Le meto dos dedos. Primero sin ninguna otra intención. Después los flexiono para buscarle el punto G. Se toca exteriormente con una mano. Con la otra se tapa los ojos. Me parece escuchar un ruido extraño. Alargo la mano a la mochila y me las ingenio para sacar mi Glock 43[2]. Si mi suegro de quince minutos quiere guerra la tendrá. Chris chapotea. Y se corre.

—¿Te parece bonito, zorra?

Sonríe. La alegría del placer es la perfección[3].

—Vístete.

Tengo que pensar qué ha pasado. He soltado una cantidad inusitadamente grande de leche. Por lo demás, toda, de la primera a la última gota, le ha caído en la cara. Un "*dripping*" digno de Jackson Pollock. Él y tú estaríais orgullosos de mí.

Quince minutos, *again*[4].

***

Tardamos casi un mes en concertar una cita porque quedaban algunos detalles sin mucha importancia que pulir en nuestra negociación. Empezamos con las posiciones "quiero follarte el culo" versus "por el culo no, que me duele mucho. Es imposible" y el acuerdo final fue "al menos lo intentamos y si no se puede no se puede". No pasa nada si no se folla por el culo. Bueno, sí que pasa. Pasa que me gusta mucho, pero tampoco es imprescindible para mí. Y es cierto que las negativas me joden.

Al parecer, el padre de Chris ha salido de cena. Hoy Chris me recibe en su casa. De rodillas y con sus zapatos de tacón alto. Desnuda de cintura para abajo y con un jersey en la parte de arriba. Ms. Evert tiene muy poquita grasa y es friolera. Y se amorra que da gusto. Preparo un condón y se la saco de la boca.

—Quédate a cuatro patas, gírate y quédate delante del sofá.

Camina como una gatita pero moviendo mucho el culo. Se la meto en el coño y la llevo en volandas encima de la *chaise longue*. No solo es mucho más cómoda que el suelo sino que tenemos un enorme espejo sobre el respaldo del sofá. Lo de agarrarle el pelo como si quisiera arrancarle la cabeza ha dado buen resultado con anterioridad tanto para ella como para mí, así que en esas estamos: aplicando el recurrente adagio "si algo funciona no lo toques". Chris está tan mojada que lo voy a intentar sin lubricante.

—Te la voy a meter en el culo.

Se pone un poco nerviosa, pero a la vez, o quizás precisamente por eso, está de un colaborativo bárbaro. Se pasa la mano del coño al culo para lubricarse con el flujo. Arquea la espalda, se abre las nalgas, me la coge y la dirige con decisión automamporrera. Yo aprieto con los dedos la polla hacia abajo, para favorecer la penetración. Ha entrado hasta la mitad del tirón.

—Ya casi la tienes entera. Relájate.

Chris se tira hacia adelante y me quedo fuera de juego.

—¿Qué haces?

—Me duele.

—Pues descansamos.

La idea era esa, descansar un poco y volver a ello, pero se ha despertado el niño así que Chris ha salido corriendo a atenderle. Vuelve al cabo de diez minutos.

—Lo siento.

—Tranquila. ¿Qué quieres hacer?

—Se me ha cortado el rollo. Me sabe mal por ti —dice.

—Túmbate en el sofá boca arriba, abre la boca y ni te muevas.

Hace algún amago de vomitar pero le ayudo a superarlo con un poco de refuerzo positivo. Me corro al fondo de su faringe. No ha sido lo mismo que acabar de follarle bien el culo pero tampoco ha estado mal. No me puedo quejar.

***

Durante estos seis meses Chris me ha pedido muchas veces una cita pero he estado muy ocupado. No solo simplemente ocupado con Gemma, mi mujer (Cap. 17); Margit, mi novia (Cap. 64); y otras amantes nuevas. No solo por el hecho de haber tenido que atender a otras mujeres (que también), sino porque he estado explorando y desarrollando mi parte más dominante. Incluso qué tal se me da eso de ser amo y qué tal funciono sacando a pasear al sádico que llevo dentro.

Sobre todo con Dalia, la jovencita de mirada pervertida (Cap. 91); Eire, mi sumisa cordobesa (Cap. 92); Lais, mi deliciosa sirvienta valenciana (Cap. 94) y la breve pero memorable Martina (Cap. 96).

Conforme me adentraba en mi yo más mentor y castigador menos me ha estado interesando repetir con muchas de mis relaciones "vainilla"[5]. Excepto con Margit, con quien estuvimos jugando hasta el punto de que le hice de sumiso en un ensayo de su primera sesión como *dominatrix*. Y es cierto que no podríamos considerar vainilla el sexo que he tenido con Chris, pero tampoco tenemos algo así como una mínima relación que permita un tratamiento digno de señor y sumisa. Y es un poco a lo que tiendo últimamente. Y estando en esas reflexiones pensé que quizás debería explorar esa vía con Chris porque parece que la chica tiene madera. Así que me mantengo bastante firme en mis negativas y solo le abro la puerta, solo le doy esperanzas, cuando le pongo "deberes".

La cabrona tiene alma de *brat*[6], así que a cada requerimiento lo primero que hace es darme largas o quejarse. Hago lo único que puedo hacer: ignorarla hasta que cumple y envía sus tareas. Y lo acaba haciendo siempre.

Vídeos pintándose los labios, masturbándose en la terraza o en la bañera, poniéndose o quitándose las bragas, apretándose los pezones, caminando a cuatro patas y bebiendo leche de un plato, postrándose ante mí, etc.

Así que se lo ha ganado. Pero aprieto un poco más.

—Una mañana completa que no tengas a tu hijo y no esté tu padre. Serás de mi propiedad toda esa mañana y harás lo que te diga. Te daré los azotes que has ido acumulando, volveremos a intentarlo por el culo, te ataré y te haré un molde. Tienes que depilarte el coño. Si hay algo que no quieras hacer me parece bien, seremos amigos igualmente, pero no quedaremos para follar.

—Me parece bien —dice.

—¿Y qué más?

—Me parece bien, mi señor.

—Mándame un vídeo y dime que eres mi zorra.

—Lo que usted desee.

La chica es aplicada.

***

Aquí estamos. Jueves 1 de octubre de 2020. Primero las cuerdas. Me gusta que las marcas queden en el molde. Y antes que las cuerdas un poco de sexo. Y antes que nada un poquito de disciplina. La puerta está abierta. La cierro y se oye un tintineo. Las llaves están puestas por el interior, así que doy un par de vueltas a la cerradura porque como aparezca el papi con su SUPER-STAR 9 mm largo[7] y me pille atando a la niña de sus ojos vamos a tener festival. Chris me recibe postrada. De rodillas. Pecho y frente contra el suelo. Me quito los zapatos y los calcetines. Me gusta estar en contacto con el suelo.

—No hables. No digas nada. No te muevas. Así estás perfecta. Reconozco que últimamente te has estado portando bien —digo con voz muy calmada intentando que mi dicción sea excelente.

Camino lentamente a su alrededor.

—Bájate los pantalones.

Lleva sus pantalones favoritos. Son unos *shorts* vaqueros que le regalaron cuando tenía veinte años. Les tiene mucho cariño. Me ha enviado un montón de fotos y videos guarros con esos pantalones. Se los desabrocha y se los pone a medio muslo.

160

—Suficiente.

Creo que se ha estremecido un poco y me gusta pensar que es porque reconoce el ruido de mi cinturón al pasar por las trabillas del pantalón.

—Te debo un correctivo por algunas de tus faltas. Tú ya sabes cuáles son. Te las he ido recordando estos días. Son cinco. Tienes derecho a esos cinco correazos. Y te los voy a dar.

Dejo mi mochila a su lado. Me quito los pantalones y me siento en el suelo delante de ella. Le meto la polla en la boca y le agarro del pelo. Y le voy dando con la correa. En el culo. Cada vez más fuerte que la anterior. Como sus quejidos. Como mi erección. Dos de las marcas le llegan hasta los riñones. Me ha quedado una composición muy bella. Equilibrada.

—No te la saques de la boca.

Cojo una soga y le ato las muñecas a la espalda.

—Cuidado con los dientes.

Lógicamente, sin apoyo de las manos, tiene poco control. Y, lógicamente también, yo tengo que proteger la "flauta mágica".

—Estás dejando el parquet perdido de babas, marrana.

Me coloco detrás y hacemos un poco del típico vaginal con cuerda al cuello. Eso he hecho. Un collar con cuatro vueltas de cuerda, un nudo fijo y otra cuerda atada del collar a mi cintura. Le hago un cinturón con otra soga y me agarro a él como un concursante de rodeo se agarra al toro mecánico. La cabeza se le balancea un poco adelante y atrás. Me queda una mano libre. La paso por debajo de su cintura y le masajeo el clítoris. Creo que se va a correr en breve y es el momento de conquistar ese ano. Se repite la historia. Ya me lo esperaba, así que se la meto bastante bien hasta la mitad y la bombeo un poco hasta ahí. Parece que disfruta. El culo se ha relajado y la meto hasta adentro, pero diez segundos después me pide que la saque. Y lo hago. Me cambio el condón, retrocedo a la casilla anterior y en un minuto se corre sin esperarme ni nada. La muy perra...

Estoy un poco frustrado. Lo suficiente como para no seguir metiéndosela. Pero no tanto como para tener el juicio nublado y no poder atarla. Atarla a lo grande, quiero decir.

Saco de la mochila el sargento de obra y lo pongo en el dintel de la puerta de su habitación. Vuelvo al salón. Chris está en posición fetal, de costado. Ida como un yonqui que se acaba de chutar. Se ha subido los pantalones. La arrastro de la cuerda del cuello hasta la entrada de su habitación y la amarro al sargento. Parece un reo castigado a la horca antes de que se abra la trampilla bajo sus pies. Sigue con esos taconazos fascinantes que mueve contínuamente para mantener el equilibrio e ir descansando el peso de su cuerpo en continuos *contrappostos*[8]. Quiero dejarle las piernas abiertas e inmóviles. En la cocina encuentro una pala de la que se utilizan para recoger lo barrido del suelo con la escoba. Extraigo la barra. Es hueca. De unos ochenta centímetros de largo. Le paso una cuerda por dentro y ato un tobillo de Chris en cada uno de los extremos. La cuerda del cuello ha cogido tensión aunque Chris no tiene comprometida la circulación sanguínea ni la respiración. Todavía. Le vendo los ojos. Meto en el bolsillo de mi pantalón las tijeras de paramédico. Necesito ocho cuerdas más para atarla de arriba a abajo. No quiero tener un accidente y que se muera mi condenada, así que la vigilo continuamente. Es una atadura ornamental. En el pecho simula un corsé y debajo podríamos decir que se asemeja a un liguero con medias. Lencería sexy con cuerdas. Le hago unas cuantas fotos.

—No aguantaré mucho más, señor.

Saco las tijeras de seguridad. Iba a cortar la cuerda del cuello pero mi erección no entiende de otra emergencia que no sea la suya propia y además todo en mundo puede aguantar "un poco más". Le corto los *shorts* por la entrepierna, me pogo un condón y... bueno, no intenten esto en casa ni sin la supervisión de un profesional. Corto la soga de la que cuelga y le echo el cuerpo hacia adelante para que el culo le quede en mejor posición. Su espalda es bellísima. Definida como el dibujo de un atlas anatómico para artistas o como la ilustración de un póster de un gimnasio culturista. Como un conejo desollado. Toda la musculatura está trabajando para mantener el torso en esa posición tan comprometida. Le desato las manos y se agarra a ambos montantes del marco de la puerta. Le estoy metiendo la de su vida. Está muy agotada pero saca fuerzas para liberar una mano y tocarse. Esta vez no me pilla desprevenido: tres, dos, uno: fuego. Cuando acabo de correrme le suelto las caderas y Chris se deja resbalar apoyándose en la pared hasta quedar de cuclillas.

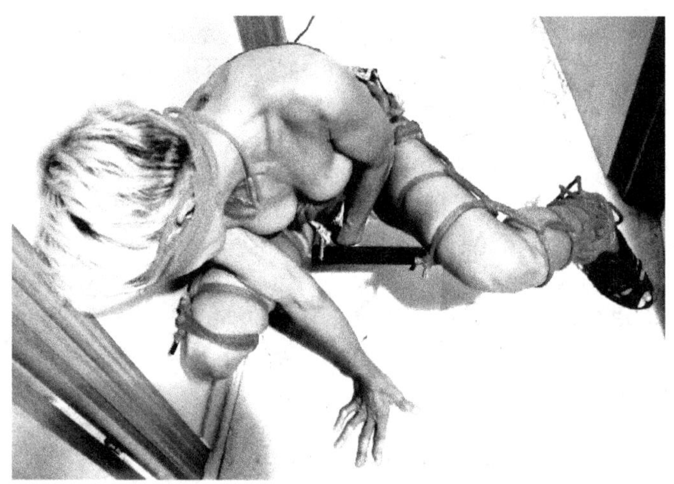

Se corre y cae al suelo temblando. Le hago algunas fotos más. Hay un momento que parece que está muerta, así que le pego un par de patadas en el lomo. Reacciona. Menos mal. Le pongo el pie encima de la cara y su paz interior sube un grado más. Compruebo que todo está bien. Especialmente todo lo que tiene que ver con las cuerdas.

—Me has cortado el pantalón —dice.

—Te pedí que te pusieras una falda.

—No tenía limpias —contesta en tono de queja.

—Pues ya tienes una. Ahora vengo.

Me adecento mínimamente, cojo las llaves de la puerta y bajo al coche. Cojo los cubos con la escayola y resto de materiales y herramientas y subo. He tardado apenas un minuto y no he perdido de vista el portal del edificio, pero para entrar en casa de Chris tomo mis precauciones. No me apetece que su padre me corte los huevos, los deseque y haga con ellos pienso para la cabra de la Legión. Chris sigue en la misma posición. Le doy varios besos, la desato y monto mi taller de escultura en el salón. Cubro casi la mitad del espacio con plástico, meto una bolsa de basura en cada cubo y los lleno hasta la mitad de agua. Uno de ellos lo utilizo para preparar la escayola. Cojo en brazos a Chris y la dejo encima del sofá.

—Así lo vamos a hacer. Tal y como has caído. Así te quiero. No te muevas. Le unjo el cuerpo con mi preparado de aceite de oliva y vetiver. Le doy un masaje suave. Chris ronronea.

—Desde hace milenios se aplica aceite perfumado a los guerreros. Y tú eres una guerrera. Te mereces mis cuidados.

Las cuerdas han dejado unas marcas muy bonitas, pero para chulas de verdad las de los correazos del culo. Me lavo las manos. Todavía le faltan unos minutos a la escayola para estar en el punto cremoso que necesito. Quito del marco de la puerta el sargento. Recojo las cuerdas, las enrollo y las guardo. Todas menos una.

—Quédate muy quieta, Serán unos quince minutos.

Cubro el cuerpo de Chris con la escayola y mientras fragua el material recojo todo. En media hora le he sacado el molde y lo he bajado al coche. También la mochila, la basura que he generado y las herramientas.

Le doy un beso y un abrazo.

—Esta cuerda ha estado solo en tu cuerpo. Es para ti.

—Muchas gracias, poli guapo ¿Puedo chupártela antes de que te vayas?

***

Como la atiendo poco y la chica se busca las habichuelas, al final ha empezado un medio rollo con un tipo.

—Tiene una buena polla, aunque me folla bastante peor que tú, Jesús.

—¿Te da caña?

—¡Qué va! ¡Pero al menos no tengo que esperar seis meses para echar un polvo!

Es una especie de despedida. Y tiene toda la razón, la muchacha.

***

Notas del capítulo 87

1. Mi BMW K75 de 1989

2. Mi pistola personal. Una 9 mm *Parabellum* muy portable, eficiente y bonita.

3. Un poco de parafraseo de Gottfried W. Leibniz y su "la alegría es un placer que el alma siente en sí misma" y "el placer es la sensación de una perfección".

4. De nuevo. Otra vez.

5. La gente del BDSM suele llamar "vainilla" al sexo convencional.

6. Sumisa rebelde, contestona.

7. Pistola de dotación del ejército español entre 1946 y 1978.

8. Término italiano que se utiliza en las artes visuales para describir una figura humana de pie con la mayor parte de su peso sobre un pie de modo que el resto de su cuerpo se adapta armónicamente a esa situación.

9 798842 625505